JN001656

かなしき愛

松下紀夫

Parade Books

カバー文字「しらぎく」

野辺のしらぎくは　いともせつないかなわぬ愛と
どうにもならない愛の誤解を通じて漂う　もののあわれ

この作品はフィクションです。登場人物名、および団体名等は一切架空です。

目次

第一話

かなわぬ想い

第一話 扉イラスト 「かなわぬ想い」

広い世界でただ一人出会った運命のひとへのかなわぬ愛は
さびしくひとり咲く野辺のしらぎく

一

学校の近くに、二ケ領用水の分水場がある。

春になると周辺の桜花が一斉に咲き乱れ、淡い桜色に染まる——。

〈桜花中学〉の二年に進級したばかりの昼休みだった。

春の陽気に誘われて校庭に出た。絵の好きな私は、庭の片隅のベンチに腰掛けて、道路際に咲く、あふれんばかりに満開の桜花をスケッチした。あとで色付けしようと昇降口に戻り、靴を下足棚に収めて上履きに履き替えた。

その時である。

廊下を歩いていた一人の女生徒が私に気づいて、静かな足取りで近寄り、真正面に立ち止まって語りかけてきた。

「松下さん、今期はよろしくお願いします」

「！」

私はその女生徒を見て、思わず右手に持っていた鉛筆を床に落とした。呆然として見とれ、しばらく声が出なかった。

うるおい輝く大きな瞳、清楚な髪型、癒されるような優しい声……女性の背後にある大きめの窓の明かりが、後ろから放たれる後光のように映る。

その気高く、美しい容姿が私の心を強烈に打った。

「よろしくお願いします」

まじろぎもせずに見開いた目を下に移しながら、同じ言葉で返す。

女性は今期同じクラスになり、つい先ほど――昼休み前――私が一人でいた時に担任の土田先生から、

「君と天海を、学習委員に任命することになった」

と告げられた相手の、天海純子さんだ。

私は小学四年生の頃から読書が好きで、伝記、小説等のジャンルを問わず読みふけっては物語の世界を空想し、夢を膨らませて楽しんでいた。外面がよく友人たちとも明るく交わっていたが、どちらかというと内向きの性格だ。女性に対しても関心がないわけではないが、あまり目をくれない、いわゆる奥手男子であった。

中学一年の時は天海さんとは別クラスで、もし会ったとしても無頓着がゆえに気づかなかったであろう。土田先生から言われた時も、まだ気づかなかった。

声をかけられて向かい合った時に、初めて気づいたのだ。

私は読書以外に、クラシックとか軽音楽の名曲を聴く趣味も持つ。曲を聴いては、その時に浮かぶ光景に思いを馳せる。

天海さんの淡い光を背にした〝女神〟と見まがうような姿を目前にして、

（こんな美しい人が、この世にいたのか）

と強烈な衝撃を受け、一瞬にして魂が奪われた。

この時、ベートーヴェンの交響曲『運命』が頭の中に浮かんだ。本能的に運命を感じたのだ。十三歳で初めて異性を意識した時は、奇しくも、私にとって一生に一度だけの運命の出会いを確信した瞬間だった。

幸運にも、クラスでは前の席が私と井出君。後の席が天海さんと石井さんという前後席になった。当時の教室の席順は、二人ずつ男女交互に並んでいた。隣席の井出君とは家が近く、小学生時代に一緒に個人指導の英語塾に通った仲だ。塾は広大な庭のある個人住宅で、受講後に庭で遊ぶ目的があったので熱心に通った。天海さんの隣の石井さんも小学生時代の同級で、父親たちも友人同士という、縁のある間柄で親しみがあった。

小学生時代からの仲間二人を交えた四人の席は、私にとって他の席と独立したファミリーのような特別な場所になった。ただ、もし今の席の並び順が現状と逆で、彼女たちが前の席であったら、天海さんが気になって授業が全く身につかなかっただろう。

学習委員の任務に関しては、いよいよ授業開始という前日の午後、土田先生の懇切な指導があった。

「役割については、二人で話し合って分担するように」

私はすぐに天海さんに顔を向け、黒い瞳を見たが、その眩しさに反射的に目をそらしながら言った。

「休み時間の終了を合図することとか、授業の始まり終わりの号令とか、自習時間の見回りなどは男の僕がやります」

天海さんは私を見たまま、優しい声を発した。

「それでは時間割を黒板に書いたり、備品が揃っているかをチェックして不足分の補填などを私がします」

先生は温かい目で二人を見ながら、

「よし決まった。それ以外の学習の決まりごとは、二人で臨機応変に協力しあって取り組んで欲しい」

と優しく言った。

私は硬い口調ながらも、仕事と割り切っている間は天海さんと普通に挨拶も会話もできた。二人とも控えめで、自分から提案するわけではないが、課せられた任務はお互いそつなくこなした。

しかし任務から離れると、私は別人のようになる。

出会いの時に魅せられた感動の瞬間が脳裏に浮かび上がり、生理的に脳の働きが固くなってしまう。気楽な話が全くできなくなる。何でも気安く話せる他の仲間を通じて、彼女ともかろうじて意思疎通ができるありさまだ。

例えば、ある自習の時間に教室を一回りして皆が真面目に取り組んでいるのを確認した後、自席に戻り姿勢を正して隣の井出君に、

「ただいま帰りました。異常ありません」

と大仰に報告してみせた。私は内向的ながら多少はユーモアのセンスも備えている。

「いや、ご苦労さん」

井出君も、偉そうな顔をして私に返した。

「フフフ」

今度は、後ろから石井さんが指で私の背中をつついた。私は敏感なのでちょっと触られただけで反射的にビクッとしたが、横を向いてチラ見して少し笑った。天海さんの笑い顔もかろうじて視界に入った。石井さんだけならすぐにお茶目にやり返すところだが、隣に天海さんがいると思うと意に反してひどく緊張し、もどかしいが、発する言葉が出てこない……。

天海さんは、いつも私たちの他愛ないやり取りを微笑みながら見ている。言葉を交わさなくても、そんな彼女を何という心の優しい人だろうと思った。

普段、短い休み時間は井出君と話したり、読書とか次の授業の準備をして過ごす。長い昼休みな

どはたまに外でスケッチしたり、廊下の一隅にある溜まり場で、数人で雑談もする。

ある日、廊下で数人と趣味について語り合った。私は中学生になってから洋画鑑賞も趣味の一つとしていたが、特にアメリカ南北戦争前後の西部劇映画が好きだった。どちらかというと硬派なので、『西部の男』『真昼の決闘』『黄色いリボン』『シェーン』などの西部劇の開拓者精神とか、男の友情を追体験して〝不撓不屈の人生〟を頭に描いて悦に入っていた。

私が西部劇映画について、他の生徒達に熱く語っているところへいきなり、

「何のお話をしているの？」

天海さんが後ろから音もなく近づき、話の仲間に入って来た。

意表を突かれた私は、驚いて固まった。心から愛する女性の前で男世界の話は似合わない。頭の回転は停止し、半眼になって下を向いてしまった。一生懸命に話を聞いていた他の人達は、いきなり沈黙した私に少々呆気にとられたようだが（同じ学習委員が、廊下でたむろしていることがバツが悪かったのだろう）と、皆は合点してくれたようだ。その後、別の生徒が話題を変えてくれて助かった。私の話は男子の興味をひいていたので、続きは天海さんがいない時のお楽しみとしたい。


七月下旬の昼休み。

数人しかいない教室で、日当たりがよい窓際の自分の席で本を読んでいた。すぐ近くにある校庭の出入口から、ゾロゾロと普段は素行の悪いと噂に高い連中が入ってきた。教室内の日陰で一休み

のつもりだろうか？　皆が他のクラス、他学年に属する者たちだ。その中の平山という番長が、野球の話をしながら後ろ向きで私の勉強机に尻を乗せた。

この瞬間、私は小学四年生の時の出来事を思い出した。

――当時、学級担任は若い女の先生だった。国語教科の時に、札付きの細川という悪童が新米の先生をいじめてやろうとしたのか、

「おーいみんな、外で野球やろうぜ」

と、男子生徒全員に声をかけて外に出てしまった。私は先生が困惑する姿を見て悪童の蛮行を許せず、机に座ったまま彼らを無視した。悪童が、

「松下！　何してる、早く外へ出ろ」

窓を開けて叫び、軟式ボールを私の顔にぶつけた。強い痛みを感じて悪童に怒鳴った。

「授業中だぞ！　お前ら！」

細川は怒って私の後ろに回り、机から引きはがそうとした。力に自信がある私は、机にしがみついて微動だにしなかった。そのうち諦めて細川は出て行ったのである。先生は、何事もなかったようにそのまま授業を進めた――。

今回の平山番長の行為は、あの時のことを思い出させた。学習委員としても、その横暴な行動を許せなかった。私はいきなり立ち上がり、

「神聖な机に腰掛けるな！」

と怒鳴った。

「何を、生意気な。お前がいつも天海と仲良く話してるのが気に食わねえんだよ」

そう言うや、番長は私の襟もとをつかんだ。私は同じく小学校四年生の時に相撲大会で七人抜きの上、六年生を破って優勝したことがある。そこで、逆に番長の前合わせを掴んでグイグイと思い切りのけぞらせて机に押し付けた。番長は、苦しそうに咳をした。他の者たちは呆然と見ていた。

腕を離して番長と向き合おうとしたが、彼はむっくりと起き上がって荒い息をして、

「いやあ……松下君、悪かった」

案外素直に皆を促し、教室を出て行った。番長は、私と同じように天海さんが好きなのだろう。人を好きになるのは、各自の自由だ。彼を見ると天海さんを想う点で、同じ仲間にも思えてくる。

『同類相憐れむ』という言葉を思い起こし、親しみが湧いた。

二学期になるや、番長は私に会うと、

「やあ、松下君」

と、親しげに挨拶するようになった。

その後の中学生活は、私が勝手に命名したファミリー四人のうち石井さんは、三年に進級した時に別クラスになった。天海さんと井出君とは同じクラスで、学習委員も同じ担任のもとで、再び二人が選任された。相変わらずの幸せな中学生活が続いた。

二

やがて学校推薦で、私も天海さんも神奈川北部の〈清流高校〉に進学した。

天海さんとは、中学時代は前後の席で同じ委員としていつも接していた。顔を合わせるのが当たり前の学園生活で、毎日が幸せに満たされていた。しかし高校に入ると、環境は一変する。

高校では、天海さんとはクラスが別になってしまった。クラブ活動も、声の美しい彼女は音楽部に入った。対して私は、中学の音楽授業の時に先生から、

「勝手に編曲しないで」

とたしなめられたくらい音痴なので、同じ音楽部に入るなんて論外。読書が好きだから文芸部があれば入りたかったが、図書部なるものはあっても純粋な文芸部はない。私は感覚的な人間なので、規律にはまるよりも自由を好む。結局、どこの部活にも所属しないで、放課後とか時間がある時は自分の好きな絵を描いたり読書三昧に耽っていた。

天海さんも優しく控えめなので、目立つ行動がない。二人は、ほとんど会うことがなくなっていた。それでも、同じ学校にいるだけで幸せだった。

高校一年も秋に差しかかる頃、中学時代に常に成績が上位で人間的にも極めて感じの良い安藤忠雄君から電話があった。

「松下君、僕から一つ提案があるのだけど聞いてもらいたい」

「何の提案？」

「まず松下君に話すのだが、君の遠慮ない意見を聞きたい。実は中学に同窓会とか同期会もあるけど、単なる懇親の会と違って、普段真面目に自身の向上を目指している気心の知れた仲間数人で、定期的に、テーマを決めて研修する親睦の会を作りたいと考えているのだが、どう思う？」

それを聞いて、まず、薄らいだ天海さんとのつながりが甦るかもしれない――という期待が膨らんだ。加えて同じ目的を共有する仲間として関係を紡ぐことができれば、こんなに幸せなことはない。得たり、とばかり即答した。

「それはいい、大賛成です。僕も桜花中時代の素晴らしい志を持った仲間と、このまま疎遠になってしまうのは寂しいなと思っていたところです。ところで、会の参加メンバーは考えてあるの？」

「僕の独断と偏見だけど。やはり清流高に進学した仲間の中で、僕たち以外に佐藤君、瀬戸君、矢野君、女子は天海さん、柏原さん、私立校に行った山井さんの計六名に声をかけようと思っているけど、どうだろうか？」

と、安藤君が自身の考えを投げかけてきた。

「いや、皆仲間として申し分ないと思いますよ。ただバランスを考えて女性をもう一人、例えば石井さんとかはどうですか？」

私が、小学校から馴染みで親しみやすい仲間の名前を出すと、

「石井さんもいいね。そうと決まったら善は急げ、早速僕が七人に連絡して趣旨を説明してみるよ」

安藤君は間髪を入れず相槌を打った。

一週間後に安藤君から、

「全員が共感し、賛同してくれた」

という連絡があった。

最初の会合はメンバー全員が集まり、天海さんにも会えた。同じ学校にいながら、久しぶりに身近に対面したような気がした。相変わらずの美しさが眩しく、嬉しかった。今後の方針について語り合ったところ、皆生徒会とか部活等でそれぞれに忙しい事情を抱えていることがわかった。期待した〝天海さんと頻繁に会えるかもしれない〟という思惑はちょっと外れたことになる。結果として、
・年に一度程度、二人ずつ輪番で会合の担当者を決め、担当の判断で取り上げたテーマについて在宅のまま電話、郵便、ＦＡＸ等の通信手段で意見交換する。
・それぞれの都合がつく適当な時に、対面交流で研修とか見学会等を開く。

・会の名前を『桜友会』とする。
などが決まった。

どんな風に決まってもよい。私にとっては同じ会に彼女がいることが価値であり、生き甲斐なのだ。

試験的に、第一回目は私が単独で『聖徳太子』について担当することになった。偉大な業績とその謎をわかりやすく年表を絵巻物にして、一つの絵画作品のように表現することにした。誰も絵に隠された真意がわかるはずはないが、謎の多い聖徳太子は私の中では格好の意思表明の対象であった。

香炉を持ち、父、用明天皇の病気回復を祈る『聖徳太子孝養像』は、私達と年齢が近い太子十六歳のときの肖像画だ。

顔を、思い切り天海さんに似せて神秘的に表現した。色感を見てもらうために郵便で発信したところ、絵はともかく太子についての皆の反応はよかった。当時の政治と仏教についてそれぞれの意見をもらい、より深く太子について掘り下げることができた。

天海さんから感想などの返信は何もなかったが、隠れた意図を感じてくれただろうか？　彼女はいつでも控えめだ。いくらかでも関心を持ってもらえれば、私の切なる望みは叶えられる。

定例は年一回だが、随時にこのような交信ができれば、一方的であっても、細い糸であっても、慣習的に彼女との繋がりが保てる。

部活のない私は書き物をする暇があるので、積極的に担当を引き受ける気構えでいた。

三

高校二年の春、男子だけのクラスに編入された。

放課後、部活に所属しないで本を読んだりしている同級の小泉隆一君と、雑談しているうちに親しくなった。彼は何事につけても優秀で正義感が強く、とても気が合った。幼小の頃、納豆売りをして家の一助となったという苦労話もある。そういえば安藤君も三男の立場で、家の仕事を手伝いながら勉強に励む苦労人と聞いている。

おそらく親が立派で何の苦労も知らない、いわゆるお坊ちゃんに比べて、一家を支える等、いち早く社会に参加して自覚と自立心を体得した青年の方が勉強に対する心構えが強い。結果的に、よい成績を出す人が多いのだろう。

間もなく、小泉君と私はお互いの家を行き来するほどの仲になった。どちらかというと、彼の家に行って誰にも会わず、玄関から階段を上ってすぐの二階の部屋で会話することが多かった。信頼できる彼とは、何でも心を開いて話せる。お互いの悩みについても例外ではない。

ある日、私は天海さんを想う胸の内を初めて彼に話した。

「小泉君は今、好きな人いるの？」

「いや、いないよ。どうして急に？」

「今日は、僕の心に秘めている想いを、君だけに聞いてもらいたい」

私は、そう言って続けた、

「僕は中学二年の時、この学校の三組にいる天海純子さんに一目惚れした。それ以来、彼女は僕の全てになった」

「え！」

彼は、一瞬の間を置いてから話を再開する。

「……驚いたよ。で、もう告白したの？」

「いや、まだ学生の身なので告白する資格がない。今は、ただ自分の中だけで秘かに彼女の幸せを祈っている段階だ」

「それは、非現実的な考えだ。恋の経験がない僕が言うのもなんだが、恋愛は好意を持ったらまず告白すべきだ。そして交際しながら徐々にお互いの愛を育て、確かめていくものだと思うよ」

「僕の場合は、会った瞬間に本物の愛に目覚めた。それは事実だが、まだ親のすねをかじっていて生活力もない。だから軽率に自分の気持ちを明かして、愛する相手の自由を縛ることはできない。僕が確信を持って告白できるのは、間違いなく彼女を幸せにしてあげる自信と生活力を身につけた時だ」

「そんなことを言ってたら、他の男に取られちゃうよ」

彼の言うことは、一般世間の常識として正しいと思う。

しかし、私の場合は天海さんと対面した第一印象で、広い世界でただ一人の運命の人となった。他の男に取られることなど考えたくもない。自分の愛を信じ、持論も信じる。その結果がどうあれ、私の気持ちは動かない。信じるものを捨てるのは、死ぬ時だ。

だから、断言した。

「それはそれで運命だと思う。僕は、変わらない」

「それなら、この話は平行線だ」

小泉君は、話しても無駄といわんばかりの顔をした。

彼は、真面目に現実的な考えを語る。私は、初対面の瞬間に生まれた運命的な愛を語る。この話に限っては、折り合うことはない。仕方のないことである。

私は、読書を通じて〝この世の真実とは〟〝真に正しいこととは〟〝宇宙起源からこの世を支配しているものは何か〟などについて、暇があると机に向かい思いを巡らせていた。

父は、私が日頃発する言葉に対して、

「頼むから、宇宙はやめてくれ」

と言った。

父は寒い冬も炬燵に入らず机に向かって正座し、尺八を吹いたり、謡曲を唄ったり、時々仏壇に向かって般若心経を唱えて過ごす。能書家でも知られ、よく地域の行事等で頼まれては大小色々な和紙に筆を運んでいた。ただ、美しい文字ながら型にはまった字である。

「書は人なり」と言われる通り、世の良識を頑なに守る常識人だ。

私が通う〈清流高校〉の敷地の一部が松下の土地であったこともあって、在学中を通じてＰＴＡ会長を務めたが、行事がある度に行う挨拶は、いつも紋切型の無難なものであった。

そんな父にとって、宇宙の話は誇大妄想に思えたようだ。ともあれ誰が何を言おうと、私が追求するのはただ真実一路の道だ。高校の方針が人間教育であったので、受験勉強もあったがどちらかというと、主に天海さんへの恋慕の想いと、人間の正しい生き方を求めて、真理追求に専念していた。

ある日のことだ。

父が、兄弟揃って家にいる私達に、

「今日の夕方、ボウリングをやりに行こう」

と言ったので、三人とも狐につままれたような顔をした。ボウリングゲームは遊びである。あの厳格で農業委員、農協組合長、連合町会長等、地域の活動で忙しい父が遊びに誘ったのだから無理もない。

意外なことに、父はボウリングが上手かった。成績は兄、父、弟、最下位が私という順番。驚き以外の何物でもなかった。ゲームをしながら、

「清流高でPTAをやって職員会議にも参加しているうちに、親子のコミュニケーションがいかに大事かよくわかった。校長始め各先生方は、皆生徒一人一人に真剣に取り組んでいる。これからは、たまにはお前たちと外で食事などして話をしたい」

父はそう言ってから、兄弟それぞれに話しかけた。まずは、自宅から毎日片道一時間以上かけて、千葉の〈日元大学〉に通っている兄に、

「通学で疲れていると聞いているが、大丈夫か?」

「やっと慣れてきたので、もう大丈夫」

次は、私に、

「英語の野崎先生から聞いた話だが……中間試験で全部回答で埋まった答案があって、優秀な子だなと思ったら、英語訳の半分は読みをローマ字で書かれていた。それが紀夫、お前だったと報告された。もっと真面目にやれ」

そんなことまで報告するか、と正直思った。だが、今までは家庭より地域を大切にしていた父が、こんなに軟化して皆で親しく話せたのは先生方のおかげと感謝し、父の名誉のために深く反省した。

次は、弟に、

「いつも読書ばかりしているようだが、運動も大事だ、毎日散歩をしなさい」

まだ中学生の末っ子の弟には、言葉遣いも少し優しい。

父は散歩がてら、近所のお宮参りを日課としていた。毎朝欠かさず参道を父が歩く姿を見て、近隣の人は「アッ、六時だ」と時間がわかるらしい。

しばらくして、壮年のグループが隣のレーンに就いた。グループの一人が父に挨拶した。

「松下さん、ご家族と一緒ですか？」

「やあ、天海さん。今日は、茂さんは一緒じゃないんですね？」

茂さんとは、不動産業界のボス的存在で父の親友だ。

「ええ、賃貸業のグループで来ています」

もしや天海さんとは、不動産業をしている純子さんのお父さんかもしれない。

丸顔で人の良さそうなおじさんは、彼女とはほとんど似ていない。

お母さん似だろうか？

私は、どうしても意中の人と結びつけてしまう。とにかく、しっかりとその人の容貌を目に焼き付けた。それによって独り合点ではあるが、一歩だけ純子さんと親密になれた気がした。

四

その後、試験を受けて〈建政大学〉の工学部建築学専攻に入学した。

外部空間に精通する相原信孝先生を筆頭に、建築界で一流の先生が揃っているので、建築学の真髄を教えてもらうことができる。この学校に入ってよかったと思った。

大学一年の春、頭が天然パーマの石井茂君に声をかけられた。

「名簿で見たけど、松下君は川崎なの？　俺の出身は新潟で、同じ川崎の親戚の家に間借りしている。今後ともよろしく」

「こちらこそ、よろしく」

私の返事をきっかけに、二人の交友が始まった。

夏休みには二人で丹沢まで自転車の遠乗りをしたり、京都・奈良の古建築を見学するために旅行したり、生まれてこのかた入ったこともない喫茶店も利用するようになった。

それまでは、自宅と学校、友人の家、映画鑑賞、買い物以外は寄り道をしたこともない内向きな私だった。それが石井君との親交を通じて、遅ればせながら一気に社会での実体験を広げていくようになった。

その年の冬、石井君の故郷・新潟の実家に行った。

清々しい大気の匂い。一メートル以上の雪が重く屋根にかかっている。遠山と林と平原の真っ白な閑村風景を目のあたりにするのは、生まれて初めてだ。彼の家族は、高校教師の父親と親切で優しい母親と、姉、まだ中学生の可愛い妹がいた。

座敷の居間の中央に、一メートル四方くらいの大きく暖かそうな古い囲炉裏が据えられていた。煤けて黒ずんだ自在鉤に大きな鍋が吊られ、煮物がグツグツと美味しそうに煮立っている。石井君や彼の父親と囲炉裏を囲んで話した。お母さんは煮物や焼物を始め、ご飯とか茶菓をこまごまと配膳してくれた。父親は、私に尋ねた。

「君は、建築のどの方面に進むつもりなのかい?」

「設計です」

「どうして?」

「僕は昔から絵が好きで、中学二年の時、主人公が画家になるか建築家になるかと迷う西洋映画を観ました。映画の中では画家になったのですが、画家は乱れた生活でした。映画の影響で画家のイメージが変わり、その時から僕は建築家になろうと決めていました」

「うむ。自分の行く道が中学からぶれないのは偉いことじゃ。合格じゃ」

何が合格なのかわからないが、教師らしい話し方だなと思った。

道路に面した庭のアプローチの坂で、短いスキーを履いて庭スキーを楽しんだが、なかなか上手く滑れない。屋根の雪下ろしを手伝ったり、かんじきという雪に接する面の大きな雪上履物を履いて歩き、降りしきる雪中を傘をさして散歩したり、雪景色の遠山をスケッチしたり、妹や小さな子供たちと雪だるまを作ったり……何とも楽しい思い出になった。

妹は中学生ながら恋多き女の子らしい色気もあり、遊んでいる時はウキウキと楽しそうだった。そんな妹の姿は、天海さんに重なる。こんな風に純真になって、一緒に遊べたらどんなに幸せなことだろう。

田舎の生活は、私のようなたった一人の訪問客でも刺激になるのかもしれない。帰りに石井家をあとにする時は、一緒に遊んだ天海さん——いや、妹——にも見送られたが、何か寂し気だった。

石井君と処々の古都巡り等をしていた頃だった。大学二年次から始まった建築設計実習で、私が描いた透視図等の絵を見た同じ班の東山康雄君に、

「松下君、絵が上手いね。渋谷に油絵教室があるけど、油絵をやらないかい？　よかったら案内するよ」

と誘われた。私は、喜んで答えた。

「それは、ありがたい。前から油絵を習いたいと思っていたので、よろしく頼むよ」

私は中学生の頃から、姉等に頼まれては絵を描いてあげていた。

私の絵は、ペン画描法だ。〝神業絵師〟と言われた日本画・挿画家の伊藤彦造の妖しいほどの美しさを醸し出す絵に心酔して、その写しから始まったものである。彦造の絵の境地に近づくべく、ひたすらペンとか鉛筆を使って線描を繰り返した。授業中にもよく絵を描いて先生に後ろから忍び寄られ、いきなり脳天に拳骨をいただいたほどだ。

今度は独学ではなく、東山君のおかげで初めて教室に通って好きな絵の勉強ができるのだ。絵画の専門的知識と技術を習得すれば、その技術を使って人々に訴える絵の表現が、自由自在になることだろうし、何より自信がつく。

さっそく東山君と渋谷の〈大木油絵教室〉に通った。先生は六十絡みで、普段からベレー帽を被っている。教室の人たちは皆個性豊かで絵が上手く、日展等に出品するプロ級の人もいた。

翌年春の教室内展で、私の母を描いた『慈母』が大木賞に選ばれたりもした。新嘗祭の時の天皇陛下への献上米を抱く胸像画で、先生は、

「まさに慈母の優しさが滲み出ている。腕の太さなど誇張されて、働き者らしい力強い迫力も画面から飛び出して迫ってくるようだ」

と講評され、傑作だと言われた。

教室は、曜日の違う人を数えると総勢五十人ほどいる。

秋口のある日、先生を含め教室の有志十五人ほどで上高地にスケッチ旅行をした。皆、スケッチの合間に木に登ったり、ロシア民謡を合唱したりと、行儀が悪く派手に行動する。その中で一人だ

け控えめで品性の良さが際立つ、目の大きな丸顔で色白の白鳥さんという女性がいた。

翌年の六月、白鳥さんは教室内で伝統的東南アジアの古典舞踊を披露した。ストゥーパ風の頭上に尖った煌びやかな冠に、指先に長めの装飾爪など、目にも麗しい装身具を身にまとっている。手のひらを上向き水平に広げ、首も水平に動かし、胸を前に出して腰を引き裸足で踊る。

その所作は、眩しいくらい美しい。間近に見る踊りは迫力で圧倒される。厳しい修業の賜物に他ならない、と感嘆した。

品位といい、珍しい嗜みと言い、よほど良家のお嬢さんなのだろう。

一週間後の教室の日にアトリエで絵を描いていると、常の通り一人一人に指導、アドバイスをして廻る大木先生が私のところまで来た時に、

「松下君、折り入って話がある」

と言って、応接室に招いた。

(何だろう?)

いぶかりながら後について部屋に入ると、先生は、

「まあ座って」

ふんわりした大きめのソファーに座るよう促すと、マドロスパイプを口に咥えながら、

「お茶、コーヒー、どちら?」

私に聞く。

「すみません、コーヒーをお願いします」

先生はゆっくりとコーヒーをいれて自分の分と一緒に出し、対面に足を組んで深く座った。

「松下君は、誰か付き合っている女性はいるの？」

突然、言われた。咄嗟に天海さんが頭に浮かんだが「付き合っている」と言えるほど親しくはない。

「今は、実際に付き合っている人はいません」

正直に答えると、先生はすぐさま言った。

「実は、白鳥さんが松下君との交際を望んでいる。初めて会った時に、一目惚れしたらしい。今すぐでなくてもよいから、松下君の気持ちを聞かせてほしい」

驚いた。今まで心当たりになることが全くなく、私にとっては青天のへきれきであった。

「――少し、時間をください、明日、返事をします」

私は即答を避けた。

あれほど美しく教養の高い、何事にも一歩を引く女性の鑑のようなお嬢さんだ。それなのに、彼女も芸術家タイプで感覚的な人なのだろうか？　奇しくも私と同様に「一目惚れ」という形で相手を愛してしまった。不運な巡り合わせとしか言いようがない。

いつも控えめな白鳥さんが、先生を介してとはいえ、女性から告白することはよほどの覚悟に違いない。自分の気持ちに照らして、その純粋な気持ちを思うと軽くは答えられない。軽率に答えて

人を傷つけるなら、私は罪人だ。しかし今は、

（あえて言わなければならない）

次の日、菓子折を持ってアトリエ付きの先生の家へ出向いた。応接間で先生に対面し、かしこまって菓子折を差し出した。

「昨日のご返事をします。白鳥さんは私には不相応なほどの素晴らしいお嬢さんですが、実は自分の中で中学時代から秘かに想っている人がいます。今は、その人だけしか心にないのです」

先生は、画家独特の鋭い目で私を見つめた。私は、さらに続けた。

「この際、勝手ですが自分のことを話させてもらいます。今想っている人には告白もしていないので、相手の気持ちは全くわからない独り相撲です。私は結婚を前提で必ずその人を幸せにできる確信がなくては、告白の資格はないと考えています。今は学生の身なので生活力もなく、幸せにできる資格条件がまだ揃っていません。告白はまだ先のことです。私の性格は内向的で、最初に思い込むと他が目に入らなくなってしまいます。何年でも、その人を想い続けると思います」

先生は、小さく頷きながら、

「今の君の気持ちはわかった。君の考えにどうこう言うつもりはないが、わしから見て君が白鳥さんに少なからぬ好意を抱いているなら、まずは今君の心にある相手に早く告白して気持ちをはっきり確かめるべきだ。もしも望みが叶わなければ未練を断ち切って、新しい関係を築くことが皆が幸せになる最善の道だと思うがね」

と、懇切に道標を示してくださった。それに対して、

「私は、自分の尺度でしか物を量ることができません。相手の心の中まで推し量ることはできませんが、私にとってはそれはどうでもいいのです。独りよがりの想いの中では、世界でたった一人出会った運命の人です。この世にいてくれるだけで、有り難く幸せなのです。生きる希望の光なのです。こんな私に出会ってしまった白鳥さんにかける言葉も資格もありませんが、あの方なら必ずや素晴らしい人と幸せになると思います」

どうにもならない、お目出度いくらいに頑なな自分の心境を話した。先生は次の言葉を失ったようだ。二人を取り持つ先生の善意を損ねてしまった。

その日以後は、白鳥さんの名誉を思うと合わす顔がなかった。

残念ながら、油絵教室はわずか二年半でやめた。

五

大学もあと半年になった、十月初め。

恒例の『桜友会』で、六年経って初めて対面交流による会を行うことになった。全く予期していなかったのだが、今は〈東都大学〉に転学している安藤君から、

「輪番の順序に従っての組み合わせで、今回は松下君と天海さんが幹事担当です」

と連絡があった。偶然の巡り合わせに過ぎないが、

（これは、夢か？）

と思った。深く愛してやまない人と一緒に仕事ができるのだ。この幸福をお膳立てしてくれた安藤君に心から感謝した。

会の打ち合わせをするため、久しぶりに天海さんに電話をした。私の声はやや震えて、落ち着きがなく上ずっている。

「久しぶりです。お元気ですか？　一度お会いして、今回の『桜友会』のプランについて打ち合わせしたいんですけど」

「プランはお任せしますが、打ち合わせはお願いします」

しばらく声を聞かない年月が続いたが、やはり耳の奥にはっきり覚えている天海さんに違わぬ優しく、美しい、懐かしい声が響く。私とは対照的に、落ち着いた声だった。

天海さんは実正女子大生なので、大学の最寄りの渋谷駅に近い歴史を匂わせる喫茶店で待ち合わせることにした。

初対面から八年余りにわたって一途に想う人と、二人だけで面と向かい合うのだ。恋人同士のデートとは違うが、似て非なるものではないか。私は通学では毎日詰襟に学生帽だが、それではあまりにも野暮ったい。今回は着なれない背広を着て会おう。

当日。ドアを開けて店に入る直前まで来て、足が地につかない感じになり、思考がぱったりと停止した。ドアを開けると、やはり先に来ていたので少し慌てた。急ぎ足で天海さんのテーブルの前に近寄った。

「遅くなりました」

私は軽めのコートと背広を一緒に脱いで、ワイシャツ姿になってしまった。首には少しずれているが、ちゃんとネクタイをしていたので体裁は保てた。彼女は私のネクタイを見ている。額に汗が溢れ出たが、サッと手早くハンカチで拭った。

少し落ち着いて目の前の天海さんをよく見ると、真白な大きな襟にシックな淡いグレーの制服姿は、この上なく清楚な装いだ。醸し出される雰囲気、何気ない仕草は、一々私の琴線に触れた。彼女の姿が言葉に表せないほど美しく映り、その目はうるおい、黒く大きく輝いている。夢を見ているようである。さらに舞い上がったが、何とか気持ちを落ちつかせて言った。

「……今日は、よい天気ですね」

「そうですね」

席に着いて、精一杯の挨拶を交わした。

（もう少し、お互いの気持ちがほぐれる、気の利いた挨拶ができないものか）

と自分を責めたが、焦れば焦るほど頭が真っ白になり、打ち解けた言葉が出なくなってしまう。間が空いてしまうのはまずい。ここは、用件に入るより仕方がない。会のプランを事前に用意しておいたので、不得手な余談はやめよう。スケッチブックに挟んだA四、三つ折の横浜港のパンフレットを取り出して、天海さんに向けて開いた。

「さっそく、『桜友会』当日のプランですが。徳川幕府が二百十五年に及んだ鎖国を解いて、初めて欧米に開かれた三つの港のうちの一つ、横浜港が開港して百五年になりました。文明開化と言われた近代日本の幕開けを偲んで、まだ当時の雰囲気が漂っている横浜の港を散歩するプランはどうでしょうか？」

「いいと思います」

彼女は優しく答えた。私は続ける。

「関内駅の近くに、無声映画を上映している映画館があります。まず開港から三分の一世紀ほど後に誕生した無声映画を鑑賞して、レトロな文化を味わいます。それから開港以来の歴史的建物が残っている街なかを歩き、〈山下公園〉をゆっくり散策して当時に思いを巡らせます。次に〈港の見える丘公園〉と、公園近くにある当時の外人居留地の情緒が残るロマンチックな洋館を見て、最後に元町の喫茶店で語らうという内容ですが、どうですか？」

「私も横浜の港の雰囲気が好きですし、無声映画にも興味があります。よろしくお願いします」

あっさり賛同してくれた。しかし、言葉は少なめであった。私の話の内容が事務的な用件のみであったので、天海さんも事務的に受け答えをするしかないのだろう。

ここで沈黙しては、気まずくなる。沈黙は苦手だ。間を置かずにスケッチブックに挟んだ別の写真を見せて、今進めている大学の卒業設計の話を始めた。

「これは、トルコのカッパドキアにある岩窟群の住まいの写真です。穴居住宅は世界に他にもいくつかあります。自然の、何の囲いもない、風雨にさらされた意味を持たない空間から、人間を守り、そこに住んで安らぐという意味のある空間に変化させるために、岩を掘って作った横穴式住まいこそ、人間の住居の原点です。この人工の構造物を排除した穴居を、家族が住む上で最も快適な広さの、動きやすい空間に設計します。そこに人の心を癒す、機能美を追求した家具等を配置します。給排水、換気等の設備は最新のものを組み込んで生活しやすい理想的な、現代の原点回帰の穴居住宅群を設計します。人間の本来あるべき生活についての一つの提案です」

私は、一気に喋った。天海さんはあまりわかっていない様子だったが、真面目に頷いて聞いてくれた。表情は優しく穏やかな対応だ。とはいえ、相変わらず打ち解けない。

思えば……離れたままで暫く会わない間に、彼女は私の心の中で段々と昇華して、今や女神のような存在になっている。

そんな大切な人に軽い、いい加減な話はできない。

彼女に対して、私はますます固い話しかできない人間になっている。

しかし、こうして一緒に会っているだけで、この上ない幸せなのだ。


当日の昼過ぎに現地に集合し、計画通りまず無声映画を観た。

もちろん活動弁士はつかないが音楽が流れ、字幕が銀幕の下部に表示されて物語を追うことはできた。

映画の題名は、『君を愛して』。私の気持ちのつもりであったが、誰も気付かなかったと思う。映像は白黒で味わいがあり、懐古的で嗜好的、芸術的価値は充分あったが、本来映画の持つ深い感動とか、何かを考えさせられるものは何もない。それでも、いにしえを懐かしむ気持ちを抱くことは十分にできた。

街なかを歩き、海岸方面に出た。レンガ建築技術の頂点を極めた、威風堂々たる屋根とアーチ窓の美しい〈横浜赤レンガ倉庫〉を左にして、散見される歴史的建物を見ながら〈山下公園〉をゆっくり歩いた。

日本の歴史的役割を担ってきた〈氷川丸〉の停泊する雄姿を見て、海の潮風を感じながら山手の

〈港の見える丘公園〉に向かう頃には、夕方になっていた。波止場の雰囲気も水平線のかなたに見える船舶も、秋の夕暮れの侘しさを漂わせて、その情趣に満ちた景色は、私の心の中にしまってある天海さんへの恋情を表面に浮かび上がらせた。そして真っ赤に染まる夕陽が目に入った。

「ブアーッ」――遠くで汽笛が鳴った。

その音と夕陽に刺激されてたった今表面に浮かんだばかりの恋の灯火が、いきなり赤々と燃え上がった。天海さんと石井さんが並んで私より海側を歩いていたので、二人の姿は夕陽に逆光し、その光と影が映す情緒は一幅の絵のようである。何かの目線を感じたのか、二人が同時に私の方を振り向いた。

「ハッ」と驚いた顔で、二人は同時に目をそらした。おそらく夕陽がまともに私に当たり、燃えた目がギラギラ輝いて天海さんに向かっていたのが、驚愕するほどの形相だったのだろう。

もはや後のまつり。隠し果せぬあふれる想いで燃え上がった表情を、まともに見られてしまった。関係ない石井さんまで驚かせてしまい、どこかに穴があったら入りたいと思った。

〈港の見える丘公園〉にたどり着いて港を一望し、浮世絵にも見られる『開港横浜』の波止場の雰囲気を感じながら一休みした。その後、近くの外国人居留地で異国情緒あふれる洋館や日本近代建築の父と呼ばれたレーモンド設計の〈エリスマン邸〉等を巡り、予定通り元町にある、レトロな雰囲気の喫茶店に到着した。

アンティーク調の大きなテーブルを囲んで、今度はゆっくりお茶を喫みながら語り合うために一同席に着いた。皆歩き疲れた顔をしていたが、それは快い疲れのように見える。まず、私が口火を切った。

「今日は、お疲れさまでした。井伊大老が外国との条約によって横浜、長崎、函館の三港の開港を決めてから、今年で百五年になります。今も点在して古き横浜の面影が残っている税関庁舎とか、赤レンガ倉庫とか、開港記念館とかの建物や、昭和に生まれ今は引退して観光船となった氷川丸を見て、横浜開港時から漂う独特の雰囲気を感じられたと思いますが、どうでしたか？」

続いて、安藤君が発言した。

「この港から外国との交易が始まったと思うと、感慨深いね。横浜はどことなくゆったりとした大らかな雰囲気がある。近代日本の幕開けを担った誇りのようなものを感じるね」

この発言を機に、当時の横浜が異国情緒で賑わったこと、横浜と新橋間で初めて蒸気機関車鉄道が開通したこと等、いろいろな実話、逸話を交えて、自由に楽しく語り合った。久し振りの対面の会で皆の顔が懐かしく、充実した親睦を図ることができ、その喫茶店で散会した。天海さんは女性同士、明るい笑顔で話しながら帰っていった。

こうして、何事もなく終わってしまった。

女性の彼女が自分から何かを意思表示するはずはないし、私も信条から学生の身では意思表示できない。これでは、いくらチャンスの神が前髪を与えてくれても掴めるわけがない。ただ、もしかしたら怪我の功名……〝燃える鬼の形相〟を見られてしまって、かえって愛の気持ちが伝わったかもしれない。

それこそを、唯一の収穫だと思いたい。

この時に燃え上がった愛の灯火は、この日以後、燃え続けて途絶えることがなくなった。

六

翌年の四月。相原信孝先生の紹介もあり、試験を受けて〈大正大学〉大学院建築理論家・神屋一郎研究室の修士課程に入った。

私は絵が好きで日頃から物の形に興味を持っていたので、建築の空間形態について研究したかったのだ。一方、大学を卒業した石井君は〈鹿山建設〉に就職し、小泉君は〈東京理想大〉の四年に在学中。安藤君は〈東都大学〉大学院生になった。

天海さんは、〈宙任〉という会社に就職したらしい。

大学院では、

「あなたは、何を研究していますか？」

という言葉が初対面の時のお互いの挨拶だ。

皆、研究課題を抱えている。大学院同期の同じ研究室は、彫刻家・本田富夫さんと私の二人であった。本田さんは〈東京芸技大〉彫刻科卒業後、世界中を回って彫刻修業をしてから神屋研に入ってきた。ブラジリアの現代建築群に接して、その素晴らしい建築が巨大な彫刻を連想させ大いに感動した。そのことが建築を勉強し直そうと決意した動機だ——という。

「私は、七つの海を渡ってきました」

と、豪快に話す。その他の同期には加瀬研究室に渡辺さんという、学問一筋といった感じの頭の良さそうな女子がいた。神屋研の先輩には博士課程に三人、修士課程二年に二人、あと藤早紀子さんという三十代前半の、女性の助手が一人いた。

本田さんと渡辺さんとは数寄屋建築研究の第一人者、堀井淳巳先生の『日本庭園と空間について』という授業で一緒であった。庭園を「域」と捉えて、日本の自然と織りなす庭空間の芸術について本質から教え説く。まさに、目から鱗の貴重な授業であった。

六月から七月にかけて、神屋研究室で建築視察として様々な場所を訪れた。

滋賀県の国宝・〈彦根城〉の後に、近くの〈天ねい寺〉で五百羅漢像を見た時は「必ず自分の探し求める人の顔がある」と言われているので探したが、天海さんの顔は見当たらなかった……。

また、長野県の青木湖に近い伊勢神宮と同じ様式の日本最古の唯一神明造り国宝・〈仁科神明宮〉を訪れたり、福島県会津市の〈会津さざえ堂〉等、色々見て回った。

このさざえ堂の外観は、高さ十六メートル強の渦巻が外面にも表れた搭状の珍しい建物である。平面は六角形で、スロープを右に上りてっぺんの太鼓橋を渡って下り、らせん状に下に三回まわる。同じルートを通らずに出口まで降りられる。さざえに似た構造で、社殿正面にある向拝の龍の彫刻等も素晴らしい。世界的にも見る価値の高い構造建物である。

さざえ堂では、神屋先生と現地で落ち合うことになった。

研究室の助手で、女性の藤さんが運転する車に同乗して二人で出かけた。帰りには神屋先生を乗せることになっている。藤さんは何事にも洗練され達観した人で、およそ四時間の道中は休憩を含め、軽いテンポに乗って波の感覚でことを進める。話し方なども礼節をわきまえていて、爽やかで、煩わしい邪魔な感情移入は一切ない。サラッとビジネスライクだ。このようなリズミカルな行動こそ、ストレスが溜まらない生き方の秘訣だろう。〝一流人の行動〟として、人生経験の浅い私には大いに勉強になった。


十月下旬、堀井先生の課外実習で、奈良の古田織部好みの茶室〈八窓庵〉を調査することになった。本田さんと学部の人たちはそれぞれの事情で直接奈良のホテルへ行くことになり、私と渡辺さんの二人だけの旅になった。

彼女の容姿は十人並ながら独特の雰囲気を持っていて、頭の回転がすこぶる速い。新幹線車中では雑談ではあるが、とめどなくよく喋る——これが強く印象に残った。

《名古屋駅》到着後は在来線に乗り換え、近鉄線の《室生口大野駅》に到着した。

実習先の〈八窓庵〉は奈良国立博物館敷地内にあるが、まだ時間に余裕があった。せっかくの奈良なので、〈室生寺〉を拝観することにした。室生寺は山岳寺院で、門前こそ土産物店とか料理旅館が立ち並んでいるが、室生川に架かる室生寺入口の朱塗りの太鼓橋に来ると雰囲気が一変する。橋の向こうに見える大きな屋根の表門に並んだ楓の紅葉は、真っ盛りに彩りを染めていた。

仁王門から急な石段を上がって、国宝金堂、さらに上がって本堂と続き、今回の拝観目的である室生寺を代表する国宝五重塔は、奥深く長い階段を登り切った正面に位置していた。両脇の色づいた紅葉が塔にやや被さり、下から見ると、それはもう言葉に表せないほど美しく調和した景色だ。どちらからともなく「きれいですね」と言いながら階段を登る途中に、ちょっと広めの踊り場があった。そこで、

「めまいがする」

と、渡辺さんが急にうずくまった。足元はあまりよくないが、ブーツを履いていたのでそんなに歩きにくくはないはず。顔色もさほど悪くない。今まで元気だったのに、急性の貧血か？

「大丈夫ですか？」

先を歩きながら振り向いて聞いたが、やはり顔色は良い。心配するほどのこともないと思い、そ

のまま進んだ。塔のある位置まで登り切り、高さ十六メートルと木造五重塔の中では国内最小の優雅な美しさに感動しながら、塔の四周を激写した。後から彼女が登ってきたので、

「めまいは、まだしますか？」

カメラの手を休めて尋ねた。

「もうしないわよ」

改めて見ても具合が悪い様子はなかったのだが、なぜか怒っている。理由は想像できるが、私にも介抱できない理由があった。

こんな時も、私の脳裏には愛する天海さんが浮かんでいる。

すぐそばに一緒にいる渡辺さんには、私の頭の中までは見えない。実に申し訳ない思いが沸き上がったが、お互いの気持ちに溝ができ、気まずくなった。秋深い山中で口を開かなくなった彼女を見ると、どことなく侘しげに見えて私も感傷的になる。

この場所から長い石段を上ると、空海を祀る重文、御影堂があるが、後ろ髪をひかれる思いながら拝観を回避して引き返すことにした。

下山中は、二人共黙っていた。それからタクシーでホテルまで五十分かかったが、おしゃべりな渡辺さんが相変わらず口を開かない。私が色々話しかけても、黙って窓外を見たままであった。

奈良のホテルに到着した時には、本田さんと学部の人たちが先着していた。翌日、堀井先生の指揮のもと、八窓庵実測調査に参加した。屋根、壁、柱、窓、平面、立面の実測は学部の学生が行っ

た。実測を図面化してからそれを立体的な起し絵にして、内部の空間の広さ、形、多窓の状況、庇の出具合等を検証する。貴重な研究材料である。しかし、渡辺さんとは気まずいままであった。

一週間後、私が友人の小泉君の家に行った時、〈室生寺〉の一件を話した。小泉君は、

「君は鈍感だ、女は自分がして欲しいことには、嘘をついてでも誘いをかけてくるものだ。男としてそれに応えなければ、女性のプライドを傷つけることになる」

と言った。私が、

「僕には、天海さんがいる。見るからに具合が悪くなさそうな女性に、触れて助けるなんて考えられないことだ」

と反論すると、彼は、

「そこを、有無を言わせず抱いて助けるのが男だろ」

もどかしそうな顔をして、小泉君にしては珍しく過激なことを言った。

人間同士は、愛がなければ何の関係もない。特に恋した者同士なら、お互い引かれ合い、抱いて助け合う関係になることは自然の理であろう。

私には恋愛感情がなく、年頃の女性の誘いに乗って触れ合うことなど、万が一にも考えられないことだ。もし彼女の心を傷つけたとしたら未熟な私の思慮の浅い行動ゆえであり、初めから二人だけの旅行は避けなければならないことであった。

十一月のはじめ、単位も取得できる目鼻がついて論文にだけ取り組む段になった。

実は、修士一年で論文の基礎研究と全単位取得に集中するため、去る八月に夏季休暇を利用して長野県北安曇郡白馬村に、約一ヵ月間民宿をとった。

民宿は普通の農家なので、各部屋は襖だけで仕切られていた。二階三室の真ん中が私の部屋で、トイレは一階に和式二つ、男女の別なく並んでいた。おやつは若い女将が部屋まで運んでくれる。昼食は私のほか若い男性四人、女性一人の計六人の宿泊客が、毎日十二時に一階和室の居間に集合して会話をしながら食事を楽しんだ。

いつも勉学に疲れた午後三時頃、ＢＧＭで私の好きなベートーヴェンの短いピアノ曲『エリーゼのために』が流れる。おやつを食べながら休憩し、横になって瞑目すると夢見心地になり、必ず脳裏に天海さんが現れて私に微笑みかける。何と、幸せなひとときなのだろうか。

週末になると、浪人中の弟が遊びに来る。弟はこの春、国立東都大学を目指したが失敗した。その時、落胆している弟を羽田空港に連れていき、飛行機を指さして言った。

「あの世界中を飛び回る飛行機を見ろ。世界は広い。宇宙はもっと広い。宇宙は今、生まれて百億年以上経っている。その中で塵のような地球上の人間社会で、ほんの一年間だけ、余分に繰り返しの勉強ができるのだ。一生の中の道半ばで、成功とか失敗というものはない。経験するものは全て将来に生かされる。この一年間は、明るい将来のために浪人生活を思う存分に勉強して頑張れ」

「うん、わかった」

五歳年下の弟は素直で、何の疑いも持たず、私の言うことをよく聞く。その時は、すぐに元気を取り戻した。その後、目標を東都大学から本人に合う早畑大学に変更して勉強は順調のようだ。

そんな弟を、静かな思索に向く青木湖に連れ立った。今後の受験勉強の追い込みのために、大いにリフレッシュできたようだ。


論文のテーマは日頃から取り組んでいる『空間形態論』と考えていたが、神屋先生に相談したところ、

「大きいテーマもいいが、修士論文は形態論のうちの各論として、もっと具体的な取り組みやすいテーマにしたらどうか」

と助言され、『日本紋章による象徴形態』に変更した。

日本の家紋は自然系の天文地文、動植物文とか人工物系、呪術文などあらゆるものの形を象徴化して、素性の確かなものだけで数千点余りある。それぞれに意義、心を持っている。日本独特のものだが、「こころを持つ形態」として属性別に分類する。「形」として扱うには数こそ限定されているが、デザイン発想源の一つの資料として役立てることを考えた。

七

　それからは文献が豊富な国会図書館に通って、調べものの毎日が続いた。

　十一月の天気が良い日の昼、少し足を延ばして〈日比谷公園〉へ出かけた。野外音楽堂に近い池から少し離れたベンチで、軽いパンとミルクで空腹を凌いだ。隣のベンチを見るとボロボロのコートを着たホームレス風の男が座っていて、せっかくのリフレッシュ休憩の気分が少し萎えた。

　私は何かあると、関連する空想がすぐ頭に浮ぶ。一瞬、ある日の自分の姿がホームレス風の男に重なって頭に浮かんだが、あり得ないことなのですぐに否定した。

　辺りをグルリと見回し、水は出ていないが形の良い鶴の噴水の周りを囲んで、静かに水をたたえた池に目をやる。池のほとりの芝生には、昼休み中と思われるこの近くの会社員らしい人達が、それぞれに憩うていた。

　驚いたことに――その中に、白襟紺色スーツを着た会社制服姿の天海さんが、同僚らしい数人の女性と休憩をとっていたのだ。

　背中を向けていたが、私にはすぐにわかる。私がいる位置からして、彼女に気付かれることはない。確か、天海さんの会社は〈宙任〉。ここで昼休みをしているということは、会社は日比谷公園の近くなのだろう。

好天に誘われて初めて何となく訪れたこの場所で、心から愛する人を眼前にしたのだ。彼女とは最初に会った時に運命を感じたが、何度感じてもよい。

何でこれを、運命と云わずにおられようか。

独りよがりの想いだが、何かの力が働いて二人を呼び寄せたとしか思えない。ホームレスを近くにして萎えかかった気分は、喜びに変わった。

天海さんたちが談笑を終えて会社に戻るのを見届けるまで、漂い来る異臭も気にならずに過ごすことにした。本当はこちらから声をかけようかと思ったが、休み時間とはいえ仕事中にあたる。仕事の仲間と一緒のところを邪魔に入ることは迷惑をかけるので、それはできない……。

およそ二十分後、天海さんたちは仕事に就くためにスカートの裾を払いながら立ち上がった。制服姿も凛として美しい。同僚と連れだって、ゆっくりと大通りの向こうへ消えていった。

しばし余情を楽しんでから、再び図書館に向かった。


私は嬉しくなって〝会いたさ見たさ〟が募り、さっそく天海さんの会社を調べた。宙任が入っているビルは日比谷公園近くの〈イイダビル〉であることを突き止めた。

その翌日の夕方。国会図書館での研究調査が一区切りついて帰る時、何かに突き動かされるようにイイダビルに足が向いた。

ビルの一階ホールは天井が高くゆったりしているので、豊かな気分になり気持ちにゆとりが生まれる。私はしばしホールの片隅に佇み、

(彼女と、同じ屋根の下にいる)

と思うだけで幸せになった。

この気持ちは、世間でいう妄想による〝付きまとい〟行為と紙一重かな、と自嘲的に心の中で苦笑した。退社の時にはおそらく通るであろう、入口付近で待つことに決めた。一年ぶりに既に社会人になった天海さんと面と向かって会うわけだが、近くで見る彼女は変わっているだろうか？　自然と、胸は高まった。

思った通り、エレベーターを降りて大勢の帰宅を急ぐ人々の中に、私服にハイヒールの天海さんがいた！

いつもこの世でただ一人〝私の中〟にいる人なので、身内に会ったような温かい親しみが沸きあがり、彼女以外は単なる群衆にしか見えない。群衆をかき分けて近づくと、彼女の方が私に気付いた。

「あら、どうしてここにいるの？」

少し、驚いた風であった。

「国会図書館の帰りです。偶然ですね」

偶然会ったふりをしたが、見破られたかもしれない。だが彼女の言葉のニュアンスが、一年前の

横浜の時に比べて打ち解けた感じに聞こえた。

容姿も社会人になって、洗練された感じになっていた。

二人並んで駅に向かって歩く。私のカジュアルな服装で使い込んだカバン姿が、私服とはいえおしゃれ着の一皮むけた天海さんと釣合わないと思った。これは予想できたはずだが、ただ会いたくて、自然に足が向いた結果なので仕方がない。

「今、論文の下調べで国会図書館に通っています」

歩きながら話した。

「アラッ、そうなの？　頑張ってね」

「有難う、頑張ります」

「良い論文ができるといいですね」

天海さんは、初めて私に対して親しげで立ち入った興味を示してくれた。

電車内はラッシュで、他人に押されて天海さんと密着しそうになった。慌てた私はとっさに、二人の間に別の人を入れて離れてしまった。これほど燃えているのに、意思と正反対の行動をとってしまう。

（しまった……）

と思って戻ろうとしても、もはや身動きが取れない。本当ならこのすし詰め状態では自分の身を盾にして、愛する女性を守らなければならない。小泉君の言っていた言葉が頭に浮かんだ。内心、自分を（馬鹿者！）と叱りつけた。

　田園都市線に乗り換える途中、天海さんはジッと大きな目で私の心中を見透かすように見つめた。彼女から離れたことに対する、非難の目かもしれない。私は燃える目を気づかれないように、反射的に目をそらした。失態に対する後悔を引きずっていたので、気持ちの冷静さを失っている。額に冷や汗が浮かんだ。

　田園都市線の車内は、ラッシュが緩和されて落ち着いていた。車中の吊革につかまり、窓外に向かって二人並んで立った。夕刻なので外は暗く、窓に二人の姿が映っている。窓という媒体を通すと、不思議と燃える心を落ち着かせて冷静に戻ることができた。

　私は以前、卒業設計の話をしてつまらない思いをさせたので、何か興味が湧くような話はないかと考えた。

「天海さんは、茶の湯に興味はありますか？」

「稽古はやっていないけれど、興味はありますわ」

「僕も茶道をやってはいないんですが、茶室に興味があります。その話を聞いてもらえますか？」

「ええ」

　短い返事だが否定はしなかった。

「茶室は、四帖半が基本になっています。四帖半の始まりは銀閣寺の東求堂（とうぐどう）同仁斎（どうじんさい）の書院です。方丈といって一丈、つまり約三メートル四方の広さの茶室になっています。これはお釈迦様と同じ頃のインドの維摩居士(ゆいまこじ)が悟りを開いたと言われる、約三メートルの囲いがもとになっています。心理的にもこの広さは人の心を安定させ、中和させる〝気〟というものを感じさせる空間のようです。

茶室には大体六十センチ余り角の狭い『にじり口』から入りますが、身分に関係なく誰でも刀などを外して、頭を下げて謙虚な気持ちでくぐって入ります。茶室では、皆平等であるという意味が込められています。客が座る場所の天井は、窓が付いた斜めの構造になっています。この構造がミニ音楽堂のような音響効果を発揮し、窓の光はお点前する人にあたるようになっています。静かな中で釜の湯が煮え立つ音は松風(しょうふう)の音、湯水を釜に汲み入れる音は糸滝の音、茶筅の穂先を振る音は谷川のせせらぎ等、お客をあたかも大自然の中にいるような安らぎと、おもむき深い幽玄の世界に誘います。

お点前をする所は、茶の湯の初期は台子という棚でした。上下、天地の板と東西南北の四方に柱があります。その囲いが宇宙を表しています。棚の中にお点前に必要な道具が配置されています。木を焼いた炭は火をおこし、土を焼いた陶器の水差(みずさし)は中に水が入っています。釜類は金属です。自然界を構成するもととなる、水と火、土と木、金属等がひととおり収められています。

茶室は禅を学び、自然の花を愛で、湯を沸かし、ご飯を炊き、茶をたてる。色々な日常生活の要素が取り入れられ、いかに理にかなった生き方をするかを、教えてくれる場所です。茶室は俗世間を離れた清らかな場所にあるのが理想で、亭主と客が無心で交流する別世界になっています。その他に小間、広間席の茶室がありますが、あくまで四帖半が基本です」

乗り換え駅から《溝の口駅》までの間に茶室の話をしたが、これもまた固い話になってしまった。会社から最寄り駅の間を歩いた時はせっかく打ち解けて話してくれたのに、

（この人は、いつもこんな話しかしない）

と思っていることは、彼女のあまり喜んでなさそうな表情で想像できた。

しかし天海さんに限っては、私の頭の中がそういう仕組みになってしまっているのだ。こんな時のために前もって、さりげない話題を用意しておけばよいのだが、いつの時も何かと準備が足りない。行き当たりばったりで感覚だけで動く。自分の勘だけを頼りにして時計も持たない。

何か他の話題をと考える間もなく、溝の口駅に到着してしまった。私は南武線に乗り換え、彼女は駅から近いので歩いて帰る。別れ際に彼女は何か言いたそうにした。

「えっ？」

と私は立ち止まったが、彼女の方から、

「ではね」

と言ってそのまま別れた。

八

その後も、どうにも不完全燃焼の気持ちが収まらなかった。

禁断の行為とはわかっていたが、五日ほどした十一月中旬、電話番号を調べて天海さんの会社の総務課に電話した。すると、天海さんは会社をやめていた。私は仰天した。

どうしたのか？　病気か？　いやつい先日会ったときは元気そうであった。では何があったのか？　別れ際に何か言いたそうであったが、それは何なのか？

様々な憶測で、頭は混乱した。小泉君のもとへ走った。

彼は私の話を一部始終聞いて、

「松下君は普段、道学者のような素晴らしいことを言うが、こと女性に関しては全く無知だ。学生の身分だからといって、下手なプラトニックな考えや主義を捨てて、ストレートに自分を表現して行動しなければ、女性はとうてい君を理解できないだろう。この際、思い切って告白したら」

と助言された。

そういえば私には思索を始めた頃からこれまで、コツコツと作り上げてきた主義信条がある。それなりに自信があった。しかし今までせっかく天海さんと直接会い、話をする機会に恵まれながら主義に従って自分で作った戒律の上に胡坐をかき、実は意思表示も告白も何もしていなかった。ただ会いたくて、会って何を期待したのだろう。もしまだ生活力がないなら、場合によっては学究生活をやめて働けばいいではないか。凝り固まったこだわりを解除して、柔軟に考えればいくらでも道はある。今まで友の意見は聞くだけで、自分の考えを貫いてきた。しかし混乱して不安定状態の私には、友の真っ当な言葉の前に反抗するものは何もない。大切に守って来た自己戒律の一つを破って、混乱する中で、思い切って手紙を書く決心をした。

『突然お手紙を差し上げる不躾をお許しください。

私は貴女を愛しています。中学二年の春、桜咲く頃、昇降口で初めてお会いした時に貴女に呆然と見とれ、我を忘れました。それから九年半余りの間、貴女だけを心密かに想って生きてきました。まだ私は学生の身で、現在は生活力はありません。しかし将来の生活には自信があります。そして私には身体的欠陥がありました。幼少の頃、疫痢の熱で左顔面神経麻痺を患いましたが、医療でほゞ治っています。もう一つは後頭部に若白髪がありました。遺伝性かどうかわかりませんが、身内の中では私だけです。これも知らぬうちに治っています。それ以外はいたって健康です。

ここ一年余りの間に、幸運にも貴女と直接お会いする機会がありましたが、今まで秘めていた気持ちがお会いする度に燃え上がり、いよいよ抑えきれなくなってしまいました。先日、ご迷惑なことを承知の上で会社に電話させていただいたところ、やめられたと聞き、驚きました。病気か何かあったのでしょうか。貴女に何かあれば自分の勝手ですが、死ぬほど辛いです。いつの時も幸せであることを心から祈っています。貴女への気持ちが独りよがりの想いであっても、どんな障害があっても愛する気持ちは山のようにゆるぎません。私の命より大事な貴女に胸中をお伝えさせていただかなければ、今まで生きてきた証が何もなくなるとおもい、その想いが募り、ご迷惑と思いつつ、勝手な手紙を差し上げました。どうか私の心情を汲み取って頂ければありがたいです。貴女に少しでもお気持ちがあって何らかのご返事をいただければ無上の幸せです。くれぐれもお身体には気を付けてくれますようお願いします。』

返事はなかった。待てども待てども、返事はなかった。

私の意思表明に対して、返信できない余程の何かがあるのか？　手紙の内容に対して滅多な回答ができずに悩み、もう少し時間が欲しいということか？　全く私に興味がないということか？　天海さんに対面した時だけは、いつも自分の意に反して堅苦しい態度に終始してしまっていた。しかしそんなことで洞察力のある女神のような優しい人が、興味なしとして無視するようなことは断じてあり得ない。では何だろうか？

一方通行の何の反応も得られない「沈黙」という魔物は、必要以上に私を苦しめた。転換すべき対象を見失った。今まで万難を排して打ち立ててきた主義信条のどこがどう間違ったのか？

愚かにも次々に疑いの目で見るようになり、どれも皆虚構に映るようになってしまった。

一方、桜友会で『人生論』をテーマに、私がリモートで担当することになった。天海さんに告白したことは誰も知らない。しかし今の状態の私が人生について見つめ直すことは、天海さんにも会の人達にも何かしら訴える心情描写ができて、内容のある人生論になると思う。さっそく時計を見ずに、空回りする頭の掃除を始めた。

掃除の途中のある土曜日の夜。

〈鹿山建設〉の工事現場に勤める石井君に会うために、横浜に行った。《横浜駅》の改札口で定期券を見せて出ようとした時、若い駅員に呼び止められた。

「あなたの定期券をもう一度見せてください」

いぶかりながら学割の定期券を見せた。

「これは、本当に君の定期券かね？」

と、駅員が聞いた。

私はカッとした。失いかけた自尊心をさらに踏みにじられた気がした。その時の身なりが無精ひげで長靴履きに紺色ジャンパーとはいえ、疑われるほどみすぼらしくはない。確かにいつも思索に耽っている私は年齢より老けて見えるが、駅員に言われる筋合いはない。

「何を言うか！　それじゃあ言うが、あんたは本当に駅員か！」

売り言葉に買い言葉だが、他の乗降客に迷惑がかかる。

「アッ……どうぞ」

私の怒気に圧されて、駅員はすぐ態度を変えた。

誰ともつかぬ怒りの傷心のまま、駅近くの喫茶店で彼と会った。

「やあ」

互いに軽く挨拶を交わして、さっそく悩みを打ち明ける。

「実は、僕はある女性を九年半の間、片想いしていた」

「えっ、九年半も？　それでどうなった？」

私は天海さんのことは、小泉君と油絵の先生以外に誰にも話してなかった。

「その人は天海さんというが、ここのところで彼女が会社をやめたことを知って、何かあったと心配になり、思い切って告白の手紙を出したが未だ返事はない」

「九年半もたった一人だけを想って告白しなかったのも珍しいけど、ちょっと永すぎたんじゃないの？　返事がないのは、脈がないことだと思うよ」

彼女を命賭けで愛していること。何の理由もなく返事をしないような女性ではないこと。その人を信じているから、逆に自分が正義として打ち立てた信条等に疑問が生じ、堅苦しい空論に見えてきたこと……等を話したが、私の話はまとまりがない。彼は驚いた風であった。

「今夜は、どうかしているんじゃないか？」

彼は感受性の強い男である。私の頭は様々な思考で充満し、胸中は深く傷ついていた。彼は、

「ちょっと失礼」

といって席を立った。すぐに戻ってきて、

「やあ、これは大変。君を外から見てみたんだが、遠くから見ると人生の敗残者の様だ。孤独の淵に追いやられた脱落者に見える」

これが彼の印象なら、先ほどの若い駅員が私の身分に疑問を持ったのも無理はない。さらに、

「今夜は、とことん飲まないか。是非飲ませたい。君は酔いつぶれた経験がないだろう。俺はいつもとことんまで行ってしまう。今夜は俺に付き合ってくれないか？」

「僕はどうも、だめになったかもしれない……」

そう言って、ゆっくり手で顔を覆った。表情に現れる自分の気持ちの動揺を気取られないよう、わざと動作をゆっくりした。彼はこんな私を見て、本心に触れて嬉しかったようだ。その夜、二人はさらに横浜の居酒屋で語り合った。天海さんに関しても彼は言った。

「君が信念を貫き通す人だとわかっているし、信じている。九年半の一途な想いは純粋だし松下君らしい。だけど、その気持ちをそのままぶつけられても女には重荷すぎると思うよ。〝女心と秋の空〟とよく言われるが、男にはわからないところがある。君はわからないで混乱して一時的に落ち込んでいるが、必ず立ち直ると信じているし、君ほどの男ならいくらでも他の女ができる。天海さんとやらはもう諦めて、もっと明るい希望のある青春に方向転換した方がよいと思うよ」

彼は、私の苦しみを軽減すべく言った。

「そう簡単にはいかないよ。僕にとって、天海さんほどの女性はこの世にいない。だけど、親身なアドバイスは有難く受けておくよ」

今までもお互い言いたいことを言い、悩みをぶつけ合ってきた。私が思い込んだら、百年目も諦めない人間であることは彼もわかっている。彼は言った。

「もし君が完全に諦めることができたら、いの一番に俺に言ってくれ。そうなったら俺も嬉しい。君の新しい人生を祝いたい」

何か、彼はそうなることを期待しているような言い方をした。

午前三時。二人は足取り千鳥で夜寒の空の月明かり……だったが、私は酔いつぶれなかった。その夜は、彼の宿舎に泊まった。一睡後ふと目が覚めると、外は白んでいた。彼はまだ寝ている。顔洗いを済ますと、身支度を整えた。頭は冴えて新鮮な朝であった。私は彼に、挨拶をした。

「帰るよ」

「ウーン、まだ寝てる」

早朝六時前、霧に包まれた横浜の朝。

私は銀杏の金箔が散らされた街道を歩いた。冷たいので、手をズボンのポケットに入れて黙々と歩いた。靄がかった白い街に黒い裸木が、寒そうに並んで遠くに続く。頬かむりをした労働者が白い息を吐いて、港の倉庫の方へ歩く後ろ姿が朝靄に消えていった。

東の空は赤く、曙の兆しが淡く光っていた。これから街は、エネルギッシュなテンポの活気に満ち溢れるであろう。彼に会い、朝の横浜の街を歩いて、その新しい活性化への序曲のような場面を絵にしたくなった。一時の小さな感動を永遠に残る絵にすることによって、人生の苦悩の後にはこんな希望が訪れるよ、と訴えることができるだろう。

だがそれは願望で、今は苦悩の真っただ中だ。

九

桜友会の『人生論』が出来上がった。内容は、

第一に。世の中、宇宙を統べるものは、全てのはじまりの無の時代から脈々と存在する、ある、あらゆるものを統率する「力」である。それによって人間、草木等万物が生かされている。人々がその初期から自然への畏怖の気持ちとして信仰の対象とした神の正体は、そのある「力」であり「光」である。それは私達の内部にあっても意思の深奥にある調和力として存在する。ということ。

第二に。人間の嫉妬、疑惑、偽善、強情、欲望、渇愛、名利等は皆邪道である。これらを「カッ」という、物と物が触れ合う音で吹き飛ばして、無心、原点に返る。自然、人、もの皆一体、あるがままの心を会得し、こだわりを全て捨て去ることで広く大きな世界に入れる。煩悩とか苦しみをコントロールできる。ということ。

第三に。聖徳太子が「この世の中は仮の住まいである」と言っているように、ある、根源的な光で照らして見ると、世間は大きな劇場である。そこには恋愛劇があり争いごとがある。名優がホームレスになることもある。不本意ながらどんな境遇になったとしても、本当に苦しみ喜べる人間になりたい。純粋な本心こそが、この仮の世の差別を超えて存在する本来の姿だ。あの良寛が子供たちと無心に手まりして遊ぶ姿を、人は「神の化身」に見えたという。人間は明日の命はわからない。今を一度限りとして常に真剣に生きることが大切。ということ。

おおよそ、このような内容で書いた。

もちろん、この小冊子は天海さんにも送った。

第二のところで、ある女性への想い、苦悩、煩悩に苦しんだあげくに無我に返り、他のことに没頭して切り抜ける。そんなことをそれとなく書いたので、彼女も返事をしないことへの負担があったとしたら軽くなったと思う。

私の頭が空転する中で『人生論』を書く作業中は、まだ頭の中を何とか冷静に保っていられた。

しかし、本当は何も変わっていない。

答えが返らない一方的な愛はさらに煩悩を深め、抑制の効かない感情が元々持ち合わせの少ない理性を凌駕し、ひっかきまわした。どうにもならない虚無感に襲われて、修士論文も全く手につかない自失状態になってしまった。

十二月下旬、私は一人、山梨県八ヶ岳の清里に旅をした。

雄大な白銀の世界、なめらかな美しい曲線を描いた山の稜線、きらきら輝く雪中に全身をすっぽり埋めて上向きに寝そべり、青く澄みきった空を見た。『股覗き』の空を見たことはあるが、なだらかな曲線の銀世界の中で上向きにみる空はことのほか美しい。暫く空を見たまま、答えのない天海さんを想った。

彼女は、私の命の灯だ。その灯が消えるかもしれない。この美しい大自然の中に、小さな人間が一人。彼女を想ったまま溶けて無くなれば、何と幸せなことだろうか。しかし、私には敬愛する父母兄弟と友がいる。自分ひとりで生きているわけではない。まだ頭の中は雑然としていて、整理がつかない。

大晦日の夜、ゴザを片手に家族に告げた。

「これから、靖国神社で座禅を組みに行く」

「えッ」

父は驚いた。

「どうしたんだ、いきなり！　それだけはやめてくれ」

父母は慌てた。

「神社境内で瞑想して、自分を見直したい」

私の言葉は、父母には常軌を逸して聞こえたのだろう。

「靖国と座禅以外なら何でもいい、他のことを考えてくれ」

私は一度部屋に戻り、考えた。

「では、人のいない丹沢の山に行く」

父は言い出したら聞かないと思ってか、それ以上は何も言わなかった。丹沢は前に石井君とか小泉君と、何回か草鞋で沢登りなどをしたことがあるので不安はない。私は長いコートを羽織り、登山靴を履いて出かけた。

丹沢山中を、何も食べずにさまよい歩いた。遠くに人家の明かりが見えると、その温かさが懐かしい。自分が世間の人間関係からはみ出した〝さすらい人〟のような孤独感を覚えた。

夜道は昼間とは感覚が全く違っていて完全に迷ってしまったが、この道をさまよう有様は自分の心のさまよいそのものだ。道の続く限りはどこかに出るだろう。

山中は幸い月夜だ。月明かりは山間に隠れると暗くなるが、何とか見つけることができた北極星と自分の勘を頼って歩き続けるうちに、大きな湖が見えた。〈宮ケ瀬湖〉だろう。重く月明かりを反射して光る湖面が一望できる太木の切り株に腰掛け、一休みして天を仰いだ。

天の月星は、何処にいようが優しく見守ってくれている。風雅な月の光に惹き込まれ、月が天海さんに見える。月に静かに語りかける。

『天海さん、人の心を惹くあなたの美しい姿は月そのものです。

あなたは私の命を懸けた愛の告白に対して、沈黙を守り続けています。

おそらく何らかの理由があって、私を傷つけない、月のように優しい配慮の上でのことと思います。

私は沈黙の真っ暗闇の中で不安、葛藤にあたふた苦悩するばかりでしたが、この自然の中で、ありのままに、泰然自若として存在する天の月、あなたを見て、いよいよ覚悟ができました。何度かお会いする度に運命を感じてきましたが、せっかく天から与えられた運命を活かせずに今に至りました。いつも意思に反して生理的に硬くなってしまう中でも、あなたと会っているだけで、死んでもいいと思うくらいに幸せな、忘れえぬ時を過ごすことができました。

私の思いは単純です。

——一生懸命積み上げた正義の主義信条が崩壊したとしても、命の愛が叶わなくても、人間の善を信じ、心から真剣に苦しみぬいた後には本当の幸せが待っている。万一愛が叶えば、この世であなたと幸せになれる。叶わなければ、授かった一つの命の灯が、うたかたのように消える。魂は、宇宙の塵となって天に召され、あの世で幸せになる——。

その覚悟ができたということです。』

それでは、家族の恩愛はどうか?

仏教で言う我執という自分だけの心にとらわれずに考えれば、固い縁によって一緒に日常を暮らす父母兄弟の一家があって、さらに一家という垣根を超えたものがある。それは人間も、犬猫も、生きるものみな父母兄弟で、DNAという縁で繋がっている。

本来は、それぞれ別ものではないということだ。

私は父母の深い恩愛を受けて育ったが、残念ながらまだ報いることができていない。これからどんなことになったとしても一家の絆と恩讐を超えて、宇宙世界の「生あるものみな父母兄弟」という広い立場で「一足先にあの世に逝きます」と罪を謝しながら、皆の幸せを祈るしかない。

思うに、人は通常では死ぬ前に結婚して子供を産んでDNAを次世代につなぐ種族保存という自然の掟がある。しかし、私はまだ答えを得られない暗闇に翻弄される孤独な「迷える子羊」だ。

月に私の覚悟を語ったが、答えを得られないままであの世へ旅立つのはあまりにも空しい。

私には、まだ最後にやることが残っている。

それをやってから、その先の運命が決まる。


三日目の朝、どうにか山道を抜けて舗装道路に出た。

そこから一時間程歩いて小田急線《大和駅》の前にたどり着いた。私は駅構内の広場を眺めたが、賑わう正月の世俗風景は華やかだ。自分の髭も伸びて、三日も風呂に入っていない。孤独な流浪者の風体は、街中の雰囲気と乖離したものに見えるだろう。一瞬、一ヵ月前に日比谷公園で見たあのホームレスの姿が脳裏をよぎった。

そして、家に帰る。ちょうど父が玄関先にいて門を入る私を見た。

「オーイ、紀夫が帰ったぞー」

父は、家の中に向かって叫んだ。母と弟が飛び出してきた。皆の大げさな動作に、私は少々戸惑う。正月のおせち料理が豪華にテーブルに並び、家族が私のために再び座り直して新年の挨拶をした。何を思ったか、父は私に言った。

「お前が羨ましい。自分は理性が勝ちすぎて、お前のような真似は到底できない」

良識の塊のような父を尊敬していたが、その父が身勝手な行動をする私を羨ましいといったのは意外であり、その言葉で自分の自己肯定感が高まったことを、父に感謝した。

暫くは、家でおとなしくしていた。

十

松の明けた一月中日の午後、黙って家を出た。

これから夕方に差しかかろうとする時間だが、気分は晴れた朝のように清々しい。なるべく車道を避け、緑深い景色を眺めながら四十分ほど歩いて、地図で調べておいた『天海家』にたどり着き、チャイムを鳴らした。家は木造二階建てで、築四十年くらいの外壁が板張りの落ち着いた雰囲気の建物だ。

姉とおぼしき人が玄関を開けた。玄関は踏込みの奥行が狭く、すぐ上がり框になっていて、お互いの顔が間近に見えた。姉とおぼしき人は、純子さんと年齢があまり違わないようで背格好も似ていた。突き当たりが浴室らしく、最初に目に入る。誰か入っている様子がうかがえた。私は、

「突然、失礼します。純子さん、いますか？」

「どなたですか？」

「松下紀夫と言います」

私の言葉が終わらないうちに、本人が部屋の戸を開けて廊下に出てきた。普段着の姿を見るのは初めてだが、相変わらず美しい。私はいきなり天海さんに向かって、その目を見据えて、

「結婚してください」

と、キッパリ言った。姉らしき人は驚き、パッと本人を背にして私の前に立ちはだかり、

「何ですか、いきなり。この子には、婚約者がいるんですよ！」

姉らしき人は、敵に対する動物のような目をして怒った。今度は私が驚いた。

（まさか！）

予期せぬ言葉に、決意の出鼻をくじかれた。「婚約者」という言葉は今まで私の頭に全くなかった。

「本当ですか？」

にわかには信じられず、姉らしき人の敵意がありありと見えたので、無視して天海さんに向かって言った。本人は姉らしき人の後ろで横を向き、下に目を落とした。母親が騒ぎを聞きつけて風呂から急いで出てきた。本人は黙っていたが、戸惑った顔をしている。姉らしき人と母親は二人の間を遮り、彼女を守るようにして私に対峙した。

天海さんは、緊張した面持ちのまま、

「ははっ」

と、ごく短く小さく笑った。突然の出来事であまりに緊張した時にはよくあることだ。この緊張に対する裏返しの振る舞いを私は気にしない。暫く沈黙が続いた。

本人が背伸びして姉らしき人の肩越しに、張り詰めた空気を破って声を発した。

「まだ、はっきり決まったわけではないのよ」

一瞬、救いの言葉だと思った。私を否定しない言葉だ。

しかし、今度は私が横向きに顔をそらせて素早く思いを巡らせる。

……考えれば、純子さんは結婚適齢期である。それも気づかぬ私は大バカ者だった。相手はおそらく生活力のある社会人だろう、どんなに立派な人かもしれない。

今の自分はまだ学生の身である。彼女は私に「まだはっきり決まっていない」と言って最後のチャンスの水を向けてくれた。だが、姉らしき人や母親は、絶対に私を受け入れない敵意丸出しの構えだ。

純子さんの魂は、人一倍優しい。

私が蛮勇をふるい、彼女の婚約寸前までに至ったプロセスを無視して現況を覆さないかぎり、本人自身から家族の意向に逆らうことはあり得ない。もうこの期に及んでは、双方合意して成立寸前の婚約を打ち壊してまで、会ったこともない人より「学生の私の方が、彼女を幸せにできる」と言い切れるのは、世を統べる神しかいない。

いくら私が自己中心的な人間でも、神を恐れない行動は絶対許されない……。

今のわが身分を振り返ると、絶望が頭をよぎった。

涙がどっと溢れ出た。

「幸せになってください!」

突然踵を返し、天海家を飛び出した。そのまま南武線《武蔵溝ノ口駅》から《登戸駅》で小田急線に乗り換えて〈江の島〉へ行った。昔、海岸沖で中学生が遭難死したと聞く七里ガ浜の砂浜に立ち、富士を望む絶景の海を沖に向かって歩いた。膝上まで海水に浸かったとき、

「兄さん、その先は深いよ」

老人から声がかかった。

その声に、ハッと目が覚めたような気がした。寒い冬とはいえ何処にでも人はいる。入水を諦めた。砂浜でまだ淡く残る夕陽を頼りにズボンを乾かしてから家に帰り、黙って部屋に入って大の字になって寝た。

それから三日間、思考緩慢のまま寝込んだ。

寝ている間に私がこの世で生きてきた過去が、走馬灯のように頭に浮かんだ。

『父が戦地からせっかく帰って来て、一度は喜んだが、二週間経って「お父さん、いつ支那へ帰るの？」と聞いて父をがっかりさせたこと。柏餅用のあんこを一鍋一人で全部食べて、優しい母に蔵に閉じ込められたこと。姉が父に説得されて、泣く泣く姑のいる家に嫁いだこと。兄といつも相撲を取っていたこと。弟が高く積んだ本に埋もれて読書をしていたこと。友人と旅したこと。そして幻覚……月に導かれて、広い砂漠をひとり、冥途へ旅立つ私を優しく見守る天海さんのこと』

……等、夢うつつのはざまで、俯瞰的に、あの世から私が生きてきた証を眺めているような錯覚、一時的な解離性の精神状態に見舞われていた。

その間、母は心配のあまりに近くの〈武田神経科病院〉で相談したらしい。

「ここのところ、息子の様子がおかしいのです。ある女性に魂を抜かれたように、奇妙な行動をとるようになりました。靖国で座禅を組むと言ったり、山をさまよったり、今はただ寝た切りになってしまいました」

「それは、恋の病ですよ。そっとしておけば時間が解決してくれますよ」

医者に言われて、母は少し安心したらしい。

このことは、東京に嫁いでいる姉から聞かされた。姉には「あまり母に心配かけないように」と注意された。幼少時代からのことだが、いつでも一番上の姉には逆らえない。

私が住む地域では、〝三羽烏〟と言われた名士が三人いた。

父と伊原茂さんと田所正さんの三人で、何かにつけてお互い行き来している親友同士である。天海さんの父親が、同業の伊原茂さんに相談を持ちかけたらしい。以前ボウリング場で会ったことのある「天海さん」は、やはり純子さんのお父さんであった。

「松下恒三さんの息子さんに、家の娘が付きまとわれました。娘は婚約を控えて大事な時に、いきなり結婚を申し込まれました。娘に何をされるか家族が心配しています。何とかしてください」

と相談され、茂さんはそれに応えて私の家の周りを三日間——ちょうど私が寝込んでいる間だ——自転車で一日何回も見回って私の動きを見張っていたらしい。父は、茂さんからそれを聞いた

という。父は私に、

「親の恥になるようなことをするな」

と怒った。

父は何よりも地域第一の人で、家庭より世間体を大切にしていた。例えばここに消防署が必要だと判断すると、自分の土地を提供して消防出張所を誘致したほど、地域を思う人であった。

しかし、私には今でこそ懐疑的になってしまったが、自分で打ち立てた自分の真があり、世間の常識ではなく自分の信じる正義がある。

それは父も、不承不承ながら認めていたはずだ。茂さんも幼少の頃から身内のようによく知っている。天海さんの父親が娘を心配するのはよくわかる。しかし、変わり者の私を理解して優しく見守ってくれていると信じていた父が、茂さんの言葉を鵜呑みにして「親の恥」と批難した。今、自己喪失感で死線をさまよっている時に、信頼する父に言われたのだ。

私は、

「僕は、何も悪いことはしていない。息子を信用できないなら、こちらから親子の縁を切ってもいい」

決定的な言葉を口にした。

「家を出る」

と、立て続けに言い放った。父は、ほとほと困った。

「家を出るなら、自動車の運転免許だけでも取ってくれ」

そう、親心で私に頼んだ。

父の言葉に従って、〈相模大野運転教習所〉へ一ヵ月通って免許を取得した。

その頃の私は様々な思いが払拭されて、心安らかになっていた。天海さんと最後に会った時の、「まだ、はっきり決まっていないのよ」と言われた言葉が、二人の間をまだ結び付けている。彼女は婚約が決まるかどうかの瀬戸際に、思いがけずか、薄々気づいていたか、私の告白を受け、返事のしようがなくて困っていたのだろう。

自分の勝手な判断だが、そう思う。

彼女のかけがえのない言葉に、私の人間としての尊厳は救われた。今となってはどうにもならないことだが、絶望の暗闇にかすかな灯火が残された。彼女が結婚して本当に幸せになるまでは、明日なにが起こるかわからない。全ての運命が決まるまで、まだこの世を去ることはできない。

この頃、弟に『早畑大学経済学部合格』の知らせが届いた。よく頑張ってくれた。この世でまず一つ、思い残すものが無くなった。

十一

その後間もなくして母に見送られ、名古屋へ出発した。

母は、私が見えなくなるまでいつまでも見送っていた。母は自分の身を削って夫や子供や近所にも優しく尽くす人で、誰からも〝慈母〟と慕われていた。

行く先の名古屋の住まいは前もって決めて、荷物も宅配便で送っておいた。名古屋市熱田区五本松町の木造二階建ての二階で、一番東端の窓が多くて明るい七帖半の一ルームだ。

実は大学院も、論文を残してまだ繋がっていた。単位は全部取得しており、たまに顔を出せばよい状況だったので、東京からあまり遠くない名古屋を選んだ。論文もまだこの世で、やり残しているものの一つだ。

とりあえず生活のため、勤め先を探した。まず、大学の時の卒業設計図と大学院在学中を隠した履歴書を手に、〈株式会社黒田建築事務所〉を訪ねたが、

「紹介者もいない、どこの馬の骨か？」

ということで即不採用であった。

設計事務所は諦めて、次に建築に多少関係のある〈広田設備工業株式会社〉に入社願を出して採

用された。履歴書に大学院在学中と書いたが、面接に立ち会った目の大きい精悍な感じの広田社長は全く気にしなかった。

配属された、総務課の課長が私に聞いた。

「在学中とあるが、現在はどういう状況ですか？」

「単位は既に取得しているので、現在は論文を仕上げている最中です。会社勤めの合間でも、支障なく両立できるところまで進んでいます」

「大学院が修了しても、ずっと勤める気がありますか？」

「会社勤めは初めてなので、まず一年間は色々な仕事を覚えたいです。その後のことはわかりません。一年間は残業ができないので、可能ならばその間は準社員扱いにしていただければ有難いです。場合によってはアルバイト扱いでも結構です」

「わかりました。一年間は準社員ということにしますが、社長は貴方を見て、卒業後も幹部候補として期待していると言っています」

有難い話だ。名古屋は有名なトヨタ以外は、中小企業が多い都会——と聞く。何かの縁でお世話になることになったこの中小企業に勤め続けてもよいかとも思うが、今の私は明日のことはわからない。

「ありがとうございます。一年後に、自分の能力などを見てから決めさせてください、よろしくお願いします」

私は、簡単に答えた。次の日、出社して課長から仕事の内容を説明された。工事現場補助を兼ねた事務関係の仕事だった。

名古屋に来てすぐに、下宿に近い食堂『花月』の常連になった。

店には、細身で団子ヘアの髪をキリッと後ろに束ねた、白い割烹着が似合う女将さんがいた。月岡花子という、風流な名前の人である。

土、日曜日は三食、平日は朝晩二食、毎日そこで食べた。既婚の明るい娘さんも同居していて、子供が賑やかである。二人は非常に仲がよい母娘で、家族とも親しくなった。

特に美味しい秘伝の製造法と保存方法で長持ちさせた味噌を長年つけ足し、つけ足しして味にコクを出し、他の具と共に温かいご飯にかける「ドテ飯」は、自慢の料理である。秘伝の味噌の作り方を特別見せてくれた。私は毎回のメニューは女将さんに任せていた。

ちょうどその頃、兄が〈日本色ガラス京都支店〉に在勤中であった。その兄から、製図台一式が送られてきた。恐らく兄の給料は三万円くらいであろうか？　製図台も同価格くらいの立派なものであった。兄は長兄で、私と二歳しか違わないが、弟思いでいつも優しかった。少年の頃、私や弟が机に向かってばかりいるのに対して、父の手伝いや雑用を一人で背負い、

「弟たちは、勉強だけしていればいい」

と、長男の立場を自覚して犠牲的精神を持っていた。

製図台は、論文の作図に役立つので大変有難い。姉と同様、兄に対しても頭が上がらない。さっそく、感謝の手紙を出した。

会社では事務以外にも、現場監督員の送迎、材料の運搬、手配、さらには設備関係の施工図面も描くなど、多岐にわたる仕事を担当した。

ある雨の日。中年の監督員を現場に送る途中、主幹道路の大きな交差点で曲がるところを直進しかけて慌ててハンドルを切った。急ブレーキをかけたのでタイヤが滑り、一回転半した。ちょうど進行方向に向いたので、そのまま進行した。周囲の車は皆一時ストップしてくれた。いきなり、

「降ろしてくれ！　俺には、家族がいるんだ、頼むから降ろして――」

助手席の現場監督員が叫んだ。私は運転免許を取得後、名古屋に来て初めての公道上での運転だった。この経験で、雨中の路上運転のコツを体得したわけだが……。その後は中年の現場監督員は、私の運転する車に二度と同乗することはなかった。

入社後半年もした九月。会社の仕事に慣れたある日の夕方、父が訪ねてきた。

「京都へ行く途中に立ち寄ったのだ」

と言う。父は、私のワンルーム下宿の小さな部屋に一泊した。窮屈だがまだ残暑が続いていて、掛布団一枚ずつで間に合った。おそらく父は、私の今の生活状況を確認したかったのだろう。

翌朝、朝食を父と一緒にいつもの『花月』で食べた。父の話によって、私が家出をしてここにい

ることがバレてしまった。父は旅行バッグに入った七本の高級ウイスキー瓶のうちの一本を取り出し、店の女将さんに渡した。

「息子を、よろしくお願いします」

旅行バッグの中身は着替え等、旅行用品だけかと思っていた。まさか、ほとんどがウイスキー瓶だったとは……驚きだ。朝食後、一緒に会社に行った。父は会社に着くとすぐに社長室に入り、ここでも、

「息子を、よろしくお願いします」

と社長に頭を下げ、以下同様に、各課の責任者一人一人にウイスキーを手渡しながら同じ言葉を繰り返した。

そして、父はその足で京都に発った。

洗濯物は一々実家の母に送っていた。必要なものは手紙でやり取りしていたので不便はなかった。少し送信が途絶えると、母から優しく丁寧な手紙が来た。

『紀夫さん、元気ですか？　これから寒くなりますから、論文を書く時は部屋を温かくしてね。度々便りを下さいね。手紙が来ると皆で回し読みしています。くれぐれも風邪などひかないよう、体に気を付けてね。』

おおよそ、このような内容の手紙をもらっていた。

平日は、昼間は毎日会社。たまに休暇を取って研究室に出かけ、夜と休日は論文に専念して忙し

く、場合によっては半徹夜もあるという日々だった。

九月半ばは、立て続けに台風が襲来した。

九月半ば過ぎの金曜日の夜、知多半島の伊勢湾岸に、雨合羽にゴム長靴を履いて出かけた。年初に、私が命を賭けた天海さんへの求婚が叶わなかったが、彼女が幸せになったことを見届けるまでは命の残り火を灯させてもらっている。

かすかに残る〝風前の灯火〟と、それを吹き消そうとする台風と闘って、自分の命運を賭けてみようと思い付いたのだ。

コンクリート岸壁の波打ち際スレスレの場所で、強風と荒波に対峙した。風に吹き飛ばされそうになる体を最前傾して耐え、滑りやすいコンクリート面の波打ちの海水にすくわれそうになる足を踏ん張って闘った。

かろうじて台風に勝って生還した。死を賭けた冒険だったが、海の女神に守られてまだ生きている。

年末の給料日前日、総務課長が全員を会議室に集めて会社の現状について説明した。

「決算が近いので、皆さんに報告します。今年度は赤字決算の見込みです。売上増と事業拡大はできましたが、それに伴って外注費や事業の設備投資が増えました。特に経費が突出しています。収支を黒字化するために支出を減らすこと、まず経費の無駄をなくすことが喫緊の課題です。これからは、できるだけ経費節減をお願いします。また年末のボーナスも、今年は去年の半分になることを承知してください」

その翌日、給料とボーナスが支給された。私は一年足らずなので一ヵ月分であったが、会社を思ってボーナスの受け取りを辞退した。

翌年。名古屋生活が始まって一年が経過した日の夕方、食堂『花月』の女将さんが、

「松下さんに、お話があります」

と緊張した真顔で言った。

「今まで、言うかどうか迷っていましたが、思い切って言わせてもらいます。去年立派なお父さんに会った時、家出して来たことを聞きました。松下さんは親不孝です」

女将さんの娘も客席カウンターの隅で、いつになく硬い表情でうつむいて聞いていた。

「本当は、松下さんのことを家族のように思っています。できればここにずっといてもらいたいけど、あの素晴らしいお父さんに会って事情を聞いてしまった以上、もう引き留めておくわけにいきません。一生のお願いだから、帰ってご両親に謝って」

女将さんの手は、小刻みに震えていた。涙する目は、必死であると訴えていた。私は下を向いてしまった。女将さんが、第二の母親に見えた。私の両親の心中を察すれば、女将さんの言う通りで

ある。

「……考えます」

それだけ言って、私は黙って食事を終わらせて食堂を出た。自分から「親子の縁を切る」と宣言してまで名古屋に出てきたのに、今さらノコノコ帰れようか。しかし女将さんの必死の言葉が私に問う。

(あなたは自分一人で生きていると勘違いしていないですか?)

(今まで両親始め、家族の温かい愛に支えられて生きてきたのではないですか?)

(友達も皆、お互い支え合って生きているのではないですか?)

女将さんの訴えは、世の人が守るべき最低限の道徳だ。私は動いた。


ちょうど論文が出来上がり、現在アメリカに滞在中の神屋先生に審査していただくため、迷惑ながらアメリカまで送った。

二日後、私は迷いもなく会社に「退社届」を出したが、総務課長は不承知であった。

「他の人間がやめるのは止めないが、会社の将来のために、貴方が必要なのだ」

「先日課長さんに、現在の会社の赤字決算を説明され、まだ会社にとって大した役に立っていない、準社員待遇の私がまず身を引くべきと決心しました。決心は変わりません」

「……社長のところへ行こう」

二人で、社長室へ入った。

「松下さんから、退社届が出ました」

「ほう、松下君はこれからどうするつもりかね？」

「まだ、はっきり決めていません」

「わしは君が入社した時から、いずれやめるような気がしていたよ」

社長は人を見る眼力があり、即決であった。その後、課長と一緒に経理事務、工事、営業の各部署へ挨拶回りをした。送別会は辞退した。

翌日、私はまず家に電話をした。父が出た。

「明日、家に帰ります」

「エッ、会社はどうしたのか？」

「昨日、退社しました」

なぜか、敬語になっていた。

「よし、早く帰ってこい！」

父は私に驚かされるのはもう慣れていたので、二つ返事であった。下宿を管理する不動産屋に一ヵ月余分の家賃を払いに行き、洗濯物類・本類と製図台一式を分けて荷造りし、郵便局へ走った。

夕方、『花月』に足を運んだ。女将さんに、

「明日、家に帰ります」

「えっ、もう？　それは、良かった。嬉しいけど、おばさんは寂しくなるわ。あなたも、お父さんのような立派な人になってね」

と言い、また目に涙を浮かべた。私は、

「一年足らずだったけど、いい思い出でした。いろいろと有難うございました」

心から感謝した。女将さんは、

「はなむけに」

と言って、特別料理を御馳走してくれた。


翌日の朝、名古屋を発って川崎の家に着いた。母が、

「よく帰ってきたね。さあ、お茶を飲みなさい」

と、私を居間のテーブルに座らせた。

母は人が来ると誰かれ関係なく平等に、まずは「お茶をどうぞ」と茶を持ち出す人であった。ましてや自分の息子をや、である。父はもう座っていた。私は座るとすぐ、一膝下がって父に向かって畳に手をついた。

「今まで、勝手なことばかりしてきました。親不孝を許してください」

深く頭を下げた。

「わかればいいんだ」

父は奥座敷へ立ち、奥の書斎で机に向かってしきりに洟をかんでいた。厳格な父は、シャイである。人前では見せないが動きでわかる。私は心から、

「すみません」

と謝った。母はまた、

「よく帰ってきたね」

と言って、今度は山盛りのミカンや菓子を持ち出した。弟もテーブルに着いた。私はゆっくりとくつろぎ、改めて父母兄弟の温かい固い結びつきを深く感じ、「家族」というものはよいものだ——と、しみじみ思った。


翌日、研究室に出かけた。

本田さんが神屋先生の引き立てもあり、既に石のモニュメントの彫刻家として世間で活躍していることを知った。神屋研究室の非常勤助手にもなっていた。藤さんはアメリカまで神屋先生に随行していた。新しい助手の加藤さんが、

「松下さん、木島助教授が神屋先生から何か預かっているらしいよ。行ってみて」

と言われたので、木島先生に会いに行くと、

「神屋先生から、君の論文を預かっています。文章が出来ていないから、指導してやってくれと頼まれています」

と言われた。それから一週間、文章の細かいところを厳しく指導された。私は初めて対面で本格的な指導を受けられて嬉しかった。集中して論文を訂正し、終了期限内に仕上げることができた。

そして、本田さんはまだ助手として学校に残り、私と渡辺さんは三月中日、一緒に修士課程の修了証と修士号を取得した。

十二

三日後に、父から、

「天海さんが、近くの資産家の長男と結婚した」

と聞かされた。

ああ！　あの命を賭けて愛した人が、予期した通り他の人のところへ嫁いだのだ!!　覚悟していたことだが、言いしれぬ寂しさに襲われた。

彼女の幸せを確認できたことで、

『まだ、はっきり決まっていない』

という言葉は、私の心の中に永遠の記念碑となって刻まれた。

せっかく今までの親不孝を許してもらい、家族の絆を再確認したばかりだが、それはつかの間の幸せだった。

今こそ、別れの時が来た。

私は以前、月とかさなる天海さんに語りかけたように、心の中で話しかける。

『天海さん、一年前にあなたの婚約を知ったとき、絶望とともにこの世を去る決心をしました。それまで、何度かお会いした時のあなたは本当に優しい、心の美しい人でした。僕だけの心の中で、愛するあなたと一緒に生きてきた道程は、この上ない幸せな日々でした。

万一のときのために、僅かな希望の灯をともして、一年余分に生かさせてもらいましたが、あなたが他の人と幸せになった今、僕の生きる希望の灯は完全に消えました。

あなたの周りのひとたちをお騒がせして、ご迷惑をおかけしましたが、これでこの世でやり残した事柄は、父母への報恩以外、一つ残らず片付きました。

もはや思い残すものは一切ありません。

まことに悲しいことですが、あなたへのかなわなかった想いを一人で抱えたまま、あの世へ行きます。宇宙でただひとりの、運命の人と出会えた幸せを与えてくれて有難うございました。』

翌日の土曜日、友人・小泉君と会った。彼は既に〈理研化学〉という会社に就職していた。

「やあ、久しぶり」

「一年ぶりだね」

私は彼には、家出を話してなかった。

「明日の日曜日に、伊豆を山歩きしないか？」

「いいけど、急にどうして？」

「実は石廊崎の崖上から、海に身を投げるつもりだ。それを見届けてもらいたい」

彼は驚愕した。

「エッ、何故？　それはだめだ。思い留まってくれ」

「一年余り前、天海さんに結婚を申し込んだが婚約者がいた。今は良い結婚をしたようだ。彼女は、僕の命だった。命には必ず終わりがある。それが早いか遅いかだが、僕の場合は彼女が別の人と結婚して幸せを掴んだと確認した、今だ」

「君が死んだら家族が悲しむし、家族の世間が狭くなる。何より、僕を見捨てるのか？　よく考えろ」

「今まで考えぬいた。運命的に出会って、僕の心の中でいつも一緒に生きてきた彼女を失えば、僕は生きていない。嬉しいことに、彼女が僕を気にかけてくれていることが、最後に会った時の言葉でわかった。その言葉は宝だ。

今の僕は、やれることを全てやって、もはや思い残すものは何もない。その上、宝物を携えて、自由なあちらの世界に飛び立てるのだ。こんな幸せなことはない。生まれて今まで一緒に住み、日常を共にした家族の深い結びつき、恩愛、友達の友情、信頼、特に君には心から感謝している。

僕の死でどれほど皆に迷惑をかけるかわからないが、どうか、たった一人の人間の、逆らうことのできない運命をわかってもらい、親より先にあの世に行く罪、僕のエゴを許してください――と、お願いするしかないのだ」

私は続けた。

「僕を一番よく知っていて信頼している君に、最期を見届けてもらいたいのだ」

「よくわからないし、納得できないが、信じている君が決めたのなら止めても無駄だろう。仕方がない。見届けるよ」

彼は私との友情に、使命を噛みしめたように受諾してくれた。

二人は『天城越え』のルートで七滝を巡ることにした。

早速、次の日曜日。リュックを背負う登山のいでたちで出発し、伊豆箱根鉄道《修善寺駅》に着いた。

まずはバスに乗り天城越えの道をたどって《水垂》で降りた。歩いて河津七滝を巡る。落差のある釜滝から一つ一つ巡って大滝に着いた。高さ三十メートル、幅七メートルの迫力のある滝を眺めてしばらく一休みした。流れ落ちる滝音は自然が奏でる壮大な音楽である。滝音でかき消される小鳥のさえずりも、こうして目を開け、耳を澄ますのは私にとってはこの世の名残だ。

時間が緩やかに流れると、心の中で滝音は遠ざかり、今度は若くしてこの世を去ったシューベルトの届かぬ青年の恋の曲、限りなくせつないセレナーデ『白鳥の歌』が浮かび上がった。美しい自然と、果たせぬ愛が一体になって悲しみを誘う。やがて消える命のはかなさを思い、やるせない感傷に浸るひとときであった。

この間、頭に思いつく心覚えを、さりげなく紙にしたためた。

その後は歩いて石廊崎の入口に着き、石廊崎港口を通り過ぎて灯台に到着した。見晴らしの良い場所で腰掛けになりそうな岩場を見つけ、小泉君に言った。

「ここから見ていてくれ」

「わかった」

「僕のリュックは、帰りの途中で粗大ごみ置き場に捨ててくれ」

「わかった」

「それから、ここは潮の流れが速いし、今日は強風だ。僕の亡骸は沖へ流されて、そのまま消えるだろう。海が僕の墓場だ。頼むから、そのままにしておいてくれ」

「わかった」
「最後のお願いだ。これを、僕の家に届けてもらいたい」
私は、四つに折り畳んだ一枚の文を手渡した。先ほど、大滝で休んだ時に急ぎしたためた遺書で、次の文言が書いてある。

『父へ　最後まで不孝者でした。天海さんは僕の命でした。父や家族、皆を深く傷つけてしまいました。ごめんなさい。

母へ　ごめんなさい、深い愛情を有難うございました。いつも母の心を痛めてばかりでした。健康に気をつけて僕の分まで長く生きてください。お願いします。

姉へ　嫁にいっても不肖の弟を心配してくれて有難う。

兄へ　いつも優しかった兄さん、ごめんなさい。僕の評判で迷惑をかけるけど、乗り越えてくれることを祈ります。

弟へ　いつも変わり者のこの兄を慕ってくれて有難う。素直なままでいてください。たった今、僕は海の藻屑と消えます。みんな大好きでした。』

走り書きのメモだが、彼はそのまま受けとって、
「わかった」

同じ言葉を繰り返した。

「じゃあ」

二人は握手をした。

「ありがとう」

私は、そう小泉君に言って崖の先端に向かった。

ひどい強風なので、先端には他に人はいなかった。危険防止の柵がめぐっていたが、彼から見える範囲の所で立ち止まり、柵を越えてわずかな幅の足場にかろうじて立って下を見た。

黒く荒々しい集塊岩の崖壁の途中がえぐられた、まさに断崖絶壁であった。

体が強風に揺らされるが、柵につかまらなくても、何とか立っていられた。

もともと飛ぶつもりなので、恐怖感は全く起こらない。

百メートルほどの高さからの風が巻いていて、波が荒々しく打ち寄せる場景を眺めた。

『今、現世の仮の住まいから去ります。

優しい天海さん、父上母上、兄さん姉さん弟よ、小泉君、石井君、今まで自分に関わり、支えてくれたすべての皆さん、有難うございました。

今生のお別れです。これから、悠久のあちらの世界で幸せになります。』

と唱えた。

しかし――海の神が棲むという、伝説を祀る神社があるこの場所を選んだことが、私の運命を変えた。

何度も岩に打ち寄せる白波を眺め、音を聞いていると、

〝ザザーン！　生きろ！〟

〝ザザーン！　生きろ！〟


眼下の海に響き渡る響音が、力強く、地球の底からの鳴動となって耳に聞こえた。

この連打される音は、天海さんと初めて会った時に頭に浮かんだベートーヴェンの『運命』を思い起こさせる。ベートーヴェンは一度は死を選んだが、芸術に生きる希望を見出して『運命』を完成させたという。

あの時はただ漠然と感じたのだが、今はっきりと、波音と運命のモチーフ音が入り交ざって、何度も何度も繰り返し聞こえた。

この切迫した極限状態の中で、それまで隠れていた本当の意志の力が飛び出した。

私の意志の奥の、さらに奥に潜んでいた〝神性〟である私の生命力と、海の神の正体である波の音が呼応して、

〝ザザーン！　生きろ！〟

〝ザザーン！　生きろ！〟


という音になって耳に入った。

この場所に何万年も棲む海の神が、神聖な海を汚すなと言っている。

私の心の耳がそう聞き取ったのだ。

私は、そのまま動けなかった。


暫くして、死を見届けるために待機する小泉君のもとへ戻った。

「どうしたの？」

「自殺は、やめた」

小泉君は呆れた顔をした。

「なぜ？」

「波が僕に、生きろ、生きろと言っていた」

「えっ、そんなあっさりというが、僕は何のために来たんだ」

彼はついに怒った。私は、

「本当に、僕の耳に聞こえたのだ」

と言って、彼からリュックを受け取った。彼は、

「君らしくないよ。君は言ったことは必ず実行する人だから、それを信じて覚悟してついてきたんだ」

彼は口をとがらせながらも、一緒に帰途に就いた。

伊豆山を歩く途中、今度は小泉君が、

「僕が、死にたくなった」

思わぬ愚痴が飛び出したので、逆に私が慰める羽目になった。私は言った。

「信じられないかもしれないが、あの時、この世と決別し、天海さんや家族や君たちとの別れを唱えて、あの世へ飛ぼうとしたら、あの波の魂を呼び起こすような響音が〝生きろ！　生きろ！〟と言って、僕が飛ぶのを、押し止めたのだ」

小泉君は繰り返した。

「君を信じられなくなったら、信じてついてきた自分が情けない」

私は、

「僕は、何事にも正義感の強い君をいつも尊敬している。君には今の僕が死を恐れた弱い人間に見えたかもしれないし、それが許せないかもしれない。

しかし、死ぬのは飛ぶだけのことで難しくなかった。不思議なことに、強風の中でも、僕は飛ばされなかった。何度も言うが、飛ぶ時にそれを阻止して、消えた僕の命の灯を、再び灯したのは、明らかに波の音と僕の中の生命力だった。

あの波は、海の女神の化身だと思う。僕に生きようとする力を与えたのだ。できれば僕の言うことを信じてもらいたい」

三十分ほど黙々と歩きながら彼は、

「わかった。僕も死ぬのは、やめた」

と言って、私の方を向いた。ニコッと笑い、灯台で預けた家族へのメモ書き遺書を私に返した。

二人は、握手した。

空いた手で、お互いの肩を叩き合った。

二人共、晴れ晴れとした顔になり、それからの帰途はバスと電車を利用した。


（了）

第二話

分裂する想い

第二話 扉イラスト「分裂する想い」

錯乱する精神を　やさしく守るさだめの生活

愛の誤解によるやむなき別れは　哀しく咲く野辺のしらぎく

帯の柄　　：白菊

着物の絵柄：クレマチス（水面の妖精、花言葉は策略）

一

会社の近くに、昼休みになると職場の仲間たちと毎日のように通う中華料理店『幸楽』がある。仲間たちは朝出勤すると挨拶もそこそこに、昼まで一斉に集中して仕事に打ち込む。『幸楽』はその緊張した勤務時間から解放されて、ゆっくりと昼食をとりながら屈託ない会話を楽しむ恰好の憩いの場になっていた。

『幸楽』には時々、着物の女性が現れる。

店に現れた時は、決まってカウンターの一番奥のやや薄暗い席に座る。女性は、薄暗くても人目を惹く、現実離れした感じの不思議なオーラを醸していた。

友禅らしい古典的な柄の着物の時は、特別異様に目立つ。ちょっと太目な体つきで髪型はオカッパ、大陸系のいわゆる弥生顔で、私が一目見た印象は、岸田劉生のあの強烈なインパクトのある麗子像を色白にした印象だった。

女将と少し小声で何か会話を楽しみながら、ふくよかな柔らかそうな手でゆっくりと器に盛られた料理の具を丁寧に取り混ぜ、美味しそうに食事をしている。私は、いつもその女性が気になって仕方がなかった。

私は、二十三歳になっていた。この春、建築学関係の大学院修士課程を修了して、父の紹介で東京目白の〈川嶋建築設計事務所〉に就職したばかりの駆け出し者である。

会社は社長を含め九名で、自宅の一階が家庭的雰囲気の応接を兼ねた広めの事務所になっている。社長は小太りで円満な福相の持ち主だ。ほとんど毎日、自分で車を運転して営業に飛び回っていた。経理は社長の弟と姪が担当し、専務の柳田さんが一人離れた席で、孤独感を滲ませながら黙々と建築の企画プランを作成している。他の技術者たちは、柳田さんに背を向けて並んで仕事をしている。

入社翌日に、私は社長室に呼ばれた。

「松下君は設計の仕事は初めてらしいが、まず一通り経験してもらったら、いずれは今専務の柳田君がやっている基本プラン作成を代わって担当してもらうつもりだ」

社長は、私が学生時代に、『建築の空間形態』について研究していたことを聞いているので、プラン作りが適役と考えたのだろう。

「うちは農協関係の仕事が多い。松下君のお父さんには、農協の最初の仕事として麦畑農協新築の時にお世話になった。ちょうど今、神奈川県央の緑農協の実施プランが柳田君の案で決まったところだ。その建物の実施用の図面の手伝いから現場の監理まで、ひと通り君に任せる。意匠図は森君と江藤君、構造計算は加山君、工事費のことは積算の長井君に聞きながらやってくれ。会社は君に期待してるから、頑張ってやって欲しい」

「はい、よろしくお願いします」

私にとっては全てが初体験だが、いよいよ建築の実務を体験できる喜びで胸が膨らんだ。実施用図面から工事完成までの工程を任されることは、初心者には少々重荷だ。それでもあえて抜擢してくれた社長に感謝した。

私を補佐してくれる仲間たちも、三十代半ばの長井さん以外は私より少し年上くらいと若いが、高校を卒業して仕事のかたわら定時制大学に通う努力家たちだ。私以外は皆それぞれの専門分野に精通したプロで、気のいい人たちばかり。初心者の私にも、屈託なく接してくれて大変心強かった。〈緑農協〉へは新宿から小田急線で一直線と便利で、会社から一時間あまりで行ける。常駐ではなく、午後に会社から現場に通うことにした。

昼食は仲間と一緒に、いつも気になっているあの女性が現れる『幸楽』を利用した。『幸楽』はごく普通に見かける、いかにも町中華といったイメージの庶民的な店構えだ。店内は大きなカウンターで厨房側と客席側に分かれ、厨房内は仲の良い夫婦二人がお互いの役割分担を心得て効率よく動く。見るからに頑丈そうな主人が手慣れた振りのパフォーマンスを交えて作る料理は、どれも皆非常に美味しい。豊富なメニューのうち、スパイスや具材を絶妙に使った五目ラーメンは格別である。

仲間たちは、他の客がいない時はカウンターに座る。カウンターでは、各自が指定席を決めていた。私は新入りなので、仲間の内で一番奥の席が指定席だった。

以前から私が気になっている、あの着物の女性に近い席だ。

他の仲間はなぜか、その女性から遠い席をあえて選んでいるような気がする。社会一般の常識から言えば奥は〝上座〟になるところだが、誰もそんなことにはこだわらない。

女性が姿を見せないある日に、私は女将に聞いた。

「あの時々見かける着物の女の人、何をしている人？」

「書道の先生よ」

書道と聞いて、自分の家族を思い浮かべた。

私の父と姉は、神奈川北部地域で『尚美書道会』という書道の会に直属している。同会は、山田雅堂という人が主宰する在野の書道の会組織のことだ。私の父は地域の中で名筆家として知られていたので、担がれて会の特別顧問に祭り上げられていた。

都内に嫁いでいる姉は開設当初からの直弟子で〝尚美書道会四天王〟の一人の立場にあり、自らも二百人余りの弟子を抱えている。兄と弟はただの孫弟子で、趣味の域を出ない。兄は、几帳面な性格がきちんとした字に現れている。弟の書を見る限り、もっと習字に励んでほしいと思うほど、頭の良さと字の下手さが反比例しているようだ。

「書道の先生」と聞いて、この際、私も家族に倣って書を嗜んでみたくなった。

翌日の昼。書道の先生が店に来て、いつものように一番奥の席に座った。その日は先生と私の間に他の客はおらず、私の注意は彼女に向いた。先生と女将の会話が途切れたタイミングを見計らって、いきなり話しかけた。

「すみません、松下と申します。書道の先生ですか？」

先生は、あまり驚いた風もなく、

「ええ」

と、頷いた。だが、

「書を教えていただけませんか？」

との申し出には、本当に驚いて暫く考えている様子であった。その時、会社の仲間たちの会話がピタリと止まり、一様に呆気に取られた目をこちらに向けた。

「書は初めてですか？」

「はい、全く未経験です」

先生はまたしばらく考えて、

「少し時間をください。十日ほど待ってください」

期待を持たせるような答えが返ってきた。会社の仲間たちは、このやりとりに耳をそばだてながら、黙って食事を進める。当の私は、それほど期待はしていなくて、どちらに転んでもよかった。

とりあえず、

「お願いします」

と躊躇なく言った。

私達の食事が終わり、書道の先生に私が「お先に」と挨拶して店を出ると、すぐに一番年長の長井さんが、

「やあ、驚いた。あの人とは前から会っているが、どこか怪しいところがある女性だと皆で噂をしていたのだよ。松下君も、あまり近寄らない方がよい気がするよ」

私の行動をたしなめるように言った。他の仲間にも異口同音に忠告されたが、私は純粋に書を勉強したいと思ったし、思い込むと他人の言うことを聞かないところがあるので意に介さない。

それからしばらくの間、先生は店に姿を見せなかった。

一週間後に『幸楽』の女将から、

「銅子さんから〝準備が整ったので三日後、土曜日の午後六時にアパートの二〇二号室に来て下さい〟と伝言がありました」

と、小さな紙に書かれたメモを手渡された。メモには個性的で達筆な字で『用意するもの、墨・硯・漢字筆・漢字用半紙』と書かれていた。私の勝手な申し入れに対し、素性も十分に聞かずに特別な配慮をいただいたと思うと、申し訳ない思いが募った。

〈緑農協〉の現場は周囲に住宅が少なく、土曜日でも近所に迷惑がかからない程度の軽作業は進めている。あくまで軽作業なので、段取りさえ融通すれば少し早めに切り上げても問題なかった。女将に教えられたアパートの場所も、『幸楽』から道路を挟んで反対側五軒先と近くて仕事に支障はない。弟子入りのための必要な条件は、全て揃っていた。

「名前は、銅子先生というのですか？　必ずその時間に行きます」

　土曜日の夕方六時に、メモに指定された書道用具を布袋に入れてアパートの二〇二号室に伺った。趣味としての習い事は、学生時代の油絵教室以来である。いざドアを開ける段になってちょっと気が引けたが、すぐに思い直してチャイムを鳴らした。銅子先生がドアを開けて、

「どうぞ、お待ちしていました」

　と言って部屋に招き入れた。

　部屋は七帖くらいのあまり広くないワンルームで、真っ先に目に入ったのは、部屋の真ん中に据えられた大きめの座テーブルだった。五人ほどが座れるもので、私と同年配に見える若い男女三人がそこに座り、それぞれの前に青毛氈の下敷きと文鎮と水滴が置かれていた。皆は以前からの知り合い同士らしく、楽しそうに談笑している。

　ドアを開ける前は、私一人かと思って一瞬躊躇したが、他にも弟子仲間がいたことに内心ホッと胸を撫で下ろした。床はフローリングの上に、緑色のカーペットが敷いてある。外はまだ明るいが、窓には緑色のカーテンが半分閉まっているため、緑ずくめの室内だった。ベッドは見当たらない。恐らく洗面トイレを背にして幅一間の押入れがあるので、布団が収納されているのであろう。入口のすぐ右脇に茶箪笥、冷蔵庫、キッチン等が配置されていた。

「どうぞ、こちらの席に」

先生から、男性の右隣の空いている席を指し示され、座るよう促された。先生は、私の向い側に座った。

「ご紹介します。私は本名を山崎銅子、雅名を山崎江雅と言います。〈拓見大学〉の時間講師をしています。お隣の男性は、拓見大卒業生の野間さんです。その隣が同じく、拓見大卒業生の芹沢さんです。私の左隣は〈東都女子大学〉卒業生の藤間さんです」

ごく簡単な紹介があり、それぞれが「よろしく」と挨拶した。次に私を三人に紹介する。

「こちらは、この近くの建築設計事務所に勤める松下さんです」

私は、三人に目をやって一度に挨拶した。お互いの挨拶の後、再び一旦途切れた会話が続く。銅子先生はよく喋る。聞いていると皆師弟というよりは、先生を「銅子さん」と呼んで友達同士のような話しぶりである。私は初対面の上、もともと口数が少ない。話題が馴染めない内容なので、会話に入らず聞いているだけであった。話が一段落したところで様子をうかがい、『ご挨拶』と表書きした祝儀袋を銅子先生に差し出し、

「よろしくお願いします」

と改めて挨拶した。他の人達はもう済んでいるのか、先生への挨拶はなかった。

銅子先生はそれを合図のように、手元の赤い漆塗りの文箱から、半紙に朱墨で書かれた手本を取り出し、それぞれに配った。私達は墨と硯と漢字筆と漢字用半紙をそれぞれ定位置に置いて準備した。

「それでは始めましょう。楷書の基礎となる古典は今お配りした九成宮の書体です。この字の臨書から入ります」

九成宮とは、中国初唐時代の三大書家の一人・歐陽詢の書で、九成宮という宮殿跡に碑文が存在するらしい。楷書を学ぶ最高の手本とのことだ。確かに、やや右肩上がりの整った、素直な形の美しさが滲み出た書体だ。

臨書とは、このような古典を手本にして、それを記憶し、自分のものにできるまで習う。その書風を自分のものとした後、作品に応用していくことだと説明された。私達は一言も言葉を発することなく臨書に集中する。さらに先生は言った。

「筆運びの入り方は、基本的に露鋒と蔵鋒です。露鋒は筆の先を見せて入り文字を鋭く見せます。蔵鋒は一度反対側に筆の先を入れて、穂先を隠して書き始めます。柔らかく重みのある文字になります。九成宮は露鋒です。九成宮のほかに露鋒と蔵鋒の両方が用いられた米芾とか、蔵鋒の隷書などが臨書の基本として良い手本になります」

米芾は中国北宋の書家で、その書体からは楷書も行書も、抑揚を効かせた変化の妙が学べるという。隷書は紀元前の秦代に生まれた歴史ある書体らしい。甲骨文字の名残も見られる篆書を簡略化して作られたバランスの取れたわかりやすい文字で、日本紙幣とか認印等、身近なところでも見られるようだ。

私は先生の言葉を噛みしめながら、形等、手本の特徴をよく見て臨書した。書き上がった書を先

生に見せると、

「松下さんは、筋がいいですね。初めてとは思えません。九成宮の特徴をよく捉えています」

すぐに褒められた。おだてに乗りやすい私は絵が好きなので、筆の扱いさえ習得すれば、書は自分に合っていると、自分よがりに思ってしまう。

他の人も一人ひとり出来上がった書を講評してもらい、また書き直す。稽古が一段落するとポットでコーヒーをいれて、再び雑談タイムになる。野間さんは私から見て堅物に見えるが、人は見かけによらず、かなりのプレイボーイらしい。芹沢さんという女性は拓見大時代、成績トップの才媛だという。確かに発する言葉に隙がない。姿勢がよく、立ち居振る舞いが垢抜けている藤間さんは、日本舞踊花柳流の名取であることがわかった。


月に三回の土曜日を稽古日と決め、皆初めのうちは休まずに通った。集中して稽古をした後は、お茶を飲みながら雑談するのが慣わしとなり、楽しく充実した稽古であった。

銅子先生は、あまり細かい部分にはこだわらない。

だが、書かれた書体の線そのものよりも、むしろ線と線の間に残る白い空間の美しさに、本当の書の美的価値があるのだ——と力説した。これについては、建築に携わる者なら誰でも知っている、中国春秋時代の思想家・老子が建物について語った、

『建物の本質性はその屋根や壁にあるのではなく、住まわれるべき内部の空間にある』

という言葉と同様の解釈なので、大いに納得できる。書の美に対する先生の主張と、建築の本質である空間との共通点が見えて嬉しくなり、書が大好きになった。

基礎的な古典の臨書は一通り終わった。ただ茶道にある『稽古とは一より習い十を知り、十よりかえるもとのその一』という言葉の通りで、稽古に終わりはないようだ。色々な文字で臨書を繰り返した。

二

ある日。それぞれに都合ができたのか他の三人が同時に休み、二〇二号室に来たのは私だけだった。銅子先生が、

「今までは臨書の中でもそのまま写す意臨(いりん)でしたが、あなたは才能があるのでもう意臨は出来ています。これからは手本を見ないで、記憶だけを頼って臨書してください。それを背臨(はいりん)と言います。自分の作品も書いてもらいますよ」

と言って、いそいそとした動作で立ち上がった。茶箪笥の脇まで歩いて行った時だった。突然、部屋の明かりが消えた。

「あら、停電らしいわね」

ふと外を見ると、道路の向こう側の建物の窓には、カーテン越しにぼんやり明かりが見えた。

(おや、向こう側は配線区域が違うのかな?)

私は思った。

銅子先生は茶箪笥の引き出しを開けて手燭を出し、蠟燭に火をつけて戻って来た。薄暗い中、蝋燭の灯と大きな影が揺れ動く怪しい雰囲気になった。先生は明かり手燭をテーブルに置き、私の隣に膝をつく。ちょっと近いなと感じた。薄暗い二人だけの部屋で女性にこれほど近づかれたことがないので、私は金縛りにあったように固まってしまった。

「少し、お話をしましょう」

先生は話し出すと、いつも立て板に水である。

「私の生まれは、富山の敦賀で実家は江戸時代には庄屋でした。雪舟が作った庭があり、重要文化財に指定されていました。家は裕福で娘時代は何不自由ない暮らしで、深窓に育った令嬢でした。父は海運業の仕事をしていましたが、事業を拡張し過ぎたことと、戦後日本の景気悪化によって倒産し、私財を売り払って一家で東京に出てきました」

敦賀は福井県ではなかったかな? ……と思ったが、銅子先生は気づく様子もない。

雪舟は当時おもに京都から西の山口、島根県等各地に漂泊し、もしかしたら北の福井県にも寄ったのかもしれないが、重文になっている雪舟庭園の存在は聞いたことがない。先生はあまり細かいことにこだわる様子もなく、自分の話に酔っているように続ける。

「私は二十七歳で、日本の書道本流の会に所属しています。そこで理事を務めたこともあります」

二十七歳ということは、私より三歳年上ということになる。日本の書道界を背負って立つ組織は、年功を積んだ錚々たる人物の集団のはずだ。その中で若くして理事を務めたということは、おそらく天賦の才能を認められた破格の抜擢であろう。偉い人の弟子になったような気がした。

さらに、銅子先生は続ける。

「あなたと私は、運命が似ている」

何の運命か？

私のことは何も知らないはずなのに、あたかも知っているかのように話す。だが私の家は父の話で推測するに、せいぜい三百年、兄で十一代目だ。雪舟の時代からは二百年近いずれがある。江戸時代は藩の文書管理職、その後は農家で没落したわけでもない。運命は、あまり似ていないと思う。

私は部屋の薄暗さと静けさと、蝋燭の明かりの揺れで不思議な気分になり、一方的に話を聞いているうちに次第に頭が朦朧としてきた。夢見心地になり、銅子先生の声が遠くに聞こえてきた。

そんな時、先生は私の手に、自分の手を乗せてきた。

夢と現実の間をさまよう私は、手を引っ込める意識が働かない。いきなり手を握られ、引っ張られた。強い力で引っ張られたので、そのまま仰向けになった銅子先生の上に重なってしまった。

ハッと意識が覚め、思わず、

「すみません」

と謝って起き上がろうとしたが、

「今晩はダメよ」

と言いながらも、逆に先生は下から私を強く抱きしめた。何がダメなのか？　私は二十四歳の今まで女性を知らない。どうしていいかわからないまま、身を委ねることしかできなかった。

銅子先生は、手早く器用に私の下半身の衣服を脱がせ、自分も着物の前をはだけ、手で私を導く。

私は頭が真っ白になり、夢中で下半身を動かした。

……終わった後、寝返りを打って目を閉じた。

下半身に生温かい感触があったので目を開けると、先生が頭を上下に動かしている姿が目に入った。

（え！　こんなこと！）

と心底驚いたが、我慢できずに、再び終わった。

先生は、

「アア、美味しかった」

と、妖しい笑みを浮かべた。

何もかも初めてのことで、全てが夢を見ているようだ。

――私は、過去に一人の女性に命を賭けて九年半の間、片想いをした。

当時は、まだ生活力もなく相手を幸せにできるという確証がない学生の身分では、告白して彼女の運命を縛れないという持論を有していた。持論と、愛する気持ちの矛盾に葛藤し、苦悩したあげく自分の掟を破って告白し、結婚を申し込んだ。しかし、女性は既に婚約が決まるところであった。あげくの果てに自殺を未遂したことがある。

その時以来、男女関係についての真の恋愛感情は一度死んだ人間であるとして葬った。社会に出てからは、仕事だけが唯一の生き甲斐と決めている。仕事以外のことはその時の流れに委ねるという、虚無的な人生観を持っていた。

一方で、未だ世間の荒波に揉まれていない私は、結婚を前提でなければ男女の体の関係は許されないという固い道徳観を持っている。正しいと思い込んだ自分の説は、頑なに曲げないという信念も併せ持っている。

とりわけこれが初体験の私にとっては選択の余地はなく、重い決断が必要であった。銅子先生の正面に向いて、言った。

「結婚してください」

「え！　突然言われても」

銅子先生は、私の申し入れに戸惑った風であった。少し間をおいて乱れた着物を整えて正座し直し、何かを決意した顔になって、

「泥沼になるわよ。それを承知してくださいね」

先生は肯定しながらも、二人の関係の行く末がわかっているような言い方をした。

この時の私の気持ちは複雑であった。私から近づき弟子入りしたのは、書を習いたいだけではなく、何か気になるものを感じたからだ。決してお互いの感情を確かめたりする過程を踏んではないが、思いもかけず、誘導された形ながら関係した。

今できてしまったこの関係を、紛れもない事実として重く受け止めなければならない。これから泥沼になるかどうかは、誰もわからない未知のことだ。結婚生活がどういうものかも、まだわかっていない若輩だ。これから銅子先生とは、何もないところから夫婦としての新しい関係を育てていく覚悟が必要だ。

その後、夜食のために二人手をつないで『幸楽』に行った。

店のカウンターの一番奥の席に着くなり、銅子先生と店の女将の間で、

「食べたわよ」

「まあ」

短い会話があった。

先生は女将とはいつも二人で仲良くグルメの話を含めた色々な会話をしていたので、何か珍しい美味しいものを食べた話に違いない。女将は見たところ世間慣れした苦労人で、相手の気持ちを察する気働きができる、見るからに頼りになりそうな人だ。私達二人の様子を見て何かを読み取ったらしく、

「あなたも大変だと思うけど、よろしくね」

私に向かって、拝む仕草を見せながら言った。

以後の稽古は、それまでと変わらない師弟の関係で通した。他の弟子たちに気取られることはなかった。月が替わった稽古日、他の人たちが帰った後で銅子先生は言った。

「私は、澄んだ水を見ると心が落ち着いて癒されます。前から見たいと思っていたのですが、浅草の水の庭で有名な清澄庭園に行きませんか？」

私にとって、結婚を前提のデートは初めてである。

八月の日曜日、《浅草駅》の改札口で待ち合わせた。先生は細かい柄の白っぽい着物と帯の装いで、特に目立つのですぐにわかった。

〈清澄庭園〉は話とは違い、浅草から大分離れていたために駅からタクシーを使った。入園料を払って庭園に入ると、大きく満々と湛えられた鏡のような泉水が目に入った。ここは、都会の喧騒から遊離した幽玄の世界だ。先生は強い日差しを避けるために、白い日傘をさした。ゆっくりと池

の周りを回遊し始める。散策しながら先生は、

「ここは別世界ですね」

と言って、さらに言葉を続けた。

「前からここが気になっていて、一度来てみたかったの。期待した通りで、この静かな水は私の心を癒してくれます」

なぜか『水によって心を癒される』という言葉を繰り返す。

私も、癒されるのは同じだ。池のほとりには、手入れの行き届いた松の木や程よく散在する名石が目を引く。二人は展望が広がる場所に置いてあるベンチに腰掛けて、静かな水面を眺めた。向い側には池に突き出た数寄屋建築の涼亭が望まれ、その建物や樹木の水に映る景色はまさに風雅そのもの、都会のオアシスである。遠くかすかに車の音がするが、微風に揺れる草木の音、カワセミ等の小鳥のさえずりも快く耳に入る。

木陰なので銅子先生は日傘をたたみ、チリ紙で顔の汗を拭いた。ハンカチを忘れたらしい。口の周りが紙片で白髪が生えたようになってしまった。私はすかさずズボンのポケットから、まだ未使用の白いハンカチを手渡した。

「ありがとう」

先生は悪びれず、それを使った。

「それはそうと、先生の着物は涼しそうですね?」

「これは絽の江戸小紋で、鮫紋です。飽きたら色抜きして、好きな色に染め替えます」

「着物が好きなようですね？」

「洋服は似合わないので、着物しか着ません」

銅子先生の着物の帯が付け帯で簡単につけられること。私が着物姿が好きなことなど、着物に関わることについて話しながら、夕方の五時頃まで静かな水辺で時を過ごした。

近くのレストランで夕食を済ませ、その隣のリッチな雰囲気のビジネスホテルにチェックインした。部屋に入ると早速バスローブに着替え、先にシャワーで汗を流し、奥の壁際のダブルベッドにバスローブのまま横たわって待った。銅子先生もシャワーを浴びてベッドで待つ私の隣に横になると、すぐにバスローブを脱いで裸になる。私はバスローブを羽織ったまま前だけを開き、上に重なる。初めての時は全て導かれるままに動いたが、二度目なので勝手がわかりスムーズにできた。

先生は私を強い力で頭から抱きしめたので顔が乳房の谷間に埋もれ、息ができなくなった。谷間が深く苦しくなって顔だけでもがくと、息抜きの隙間ができた。その隙間が塞がれないように、右手の人差し指を挿入して通気口を作り、何とか命拾いをした。先生はそんな私の苦労は構わずに、

「死ぬ、死ぬ、死ぬーー」

いきなり叫んだ。私は驚いて頭をもたげようとしたが、締め付けが強くて頭部の身動きが取れず、下半身だけを動かした。

その日は色々疲れたので、ぐっすりとよく眠れた。翌朝チェックアウトを済ませ、早朝から開い

ている喫茶店を見つけて入り、眠気の覚めやらぬまま、コーヒーを飲んでいると。〽夜明けのコーヒー、二人で飲もうと〽

――いま流行の〈ピンキーとキラーズ〉のBGMが店内に流れ、耳に快い。私はまだ夢の中にいるような、何とも浮いた幸せな気分に浸りながら聴き入った。暫く店でくつろいで、その足で会社に出勤した。

それから間もなくして、日舞花柳流の藤間さんが稽古に来なくなった。

「最近、藤間さんが見えませんね」

他の二人がまだ来ていない時に私が言うと、

「あなたに色目を使ったのでやめてもらいました」

銅子先生は平然として言った。そして付け加えた。

「あの人は『宇宙真正教団』に入っていて危ない人です、あなたも気を付けて」

いきなり、私に注意を促すようなことを言った。

確か……宇宙真正教団は数年前にできた新興宗教で、最近信者が急増した教団である。信仰するのはその人の自由だ。そして、藤間さんに色目を使われたような心当たりは私には全くない。むしろ礼節をわきまえた、上品で美しいお嬢さんである。どこか引っかかるところがあるが、これは銅子先生が決めることだ。

その後、日を経ずにプレイボーイの野間さんも自らやめた。詳しい理由は聞いていないが、書に取り組む姿勢があまり意欲的ではなく、雑談の方に出席の楽しみがあったように見える。二人減ってちょっと寂しい気がしたが、もう一人の拓見大卒の芹沢さんは、私と銅子先生に向かって、

「あなた達の関係に興味がありますわ」

と言って稽古をやめなかった。秀才の彼女は、豊かな教養が滲み出た美しさを備えている。彼女の直感は、我々の関係を見抜いているようだ。三人だけになって、まるで家族のような稽古場風景になったが、それでも好きな書の稽古が続けられることが何よりも嬉しい。

いつも気になっていたが、稽古の最中に銅子先生は時々右手首をグルグル回す動作をする。私は聞いた。

「けんしょう炎ですか?」

「いいえ、書の修業の一つです。気がみなぎって粘りと緊張感のある文字を書くには、手首の力と柔軟性が必要です。そのためには、日頃から手首の運動は欠かせません」

先生が作品を書く時は、近づき難いほど集中し、没頭する。文字の一点一画を書く練習に、半紙百枚くらいは費やすらしい。

過去の書展出品作で、特選に選ばれたという『しらぎく』を見せてもらった。

それは青墨で書かれた、かな書大字の軸装で、拡げると総丈約二メートル、幅約一メートルの大幅な作品で、右に踊りながら下がってゆくゾクッとするような妖艶な字姿、残った余白と文字が絡

み合い、まるで生きているような作品だった。

三

九月に入ったある日、結婚式のことで銅子先生から話があった。

「渋谷に、二人だけで結婚式を挙げられる小さな教会を見つけました」

唐突に言われたが、結婚は既に決めていることなので、式の形とか日にちは、いつどのような形でもよいと思う。ただ、私の思っていた結婚は家の慣わしからして、お互いの親戚・友人知人最低でも百人は呼んで祝福を受けることになるはずだ。それなりに準備などに時間がかかる。その手順を一切省いての二人だけの結婚式とは早急であり、考えもしなかったことである。まだ両親に報告もしていない段階だ。せめて式を挙げる前に、両親と会社だけには報告をしなければならない……。

事態は思いがけない方向に流れ出したが、両親と会社への報告をした後は銅子先生の意向に身を委ねよう。

「それでは、とりあえずその渋谷の教会を予約しましょう」

この頃はまだ「二人だけの結婚式」は、あまり流行っていない世の中だった。予約手続きはスムーズに進み、二十日後の日曜日には挙式の運びとなった。式が決まったところで先生に言った。

「二人だけの結婚式は決まったのですが、その前、今度の日曜日に私の両親に会ってください。急に決まったので、まだ何も報告していないのです。もちろん、先生の関係する人達にもご挨拶したいです」

銅子先生は、

「私は、とっくに独り立ちしている大人です。報告しなければならない関係者は一人もいません。もう子供ではない私たちが二人で決めたことです。あなたのご両親に報告するのも気が進みません」

「私の考えは古いのかもしれませんが、人の道として、また私にとって初めての結婚です。世話になった両親と、今仕事をさせてもらっている会社にだけは報告を事前にしなければなりません」

結婚式については、先生の意向でいろいろ進めてきた。

だが、私は過去に叶わぬ片恋の末、世間を何よりも大切にする父に反発して家出をしたり、家族の知らないところで自殺未遂をしたり……と自分の信念に基づく行動ではあったが、結果としては善良な家族の〝はみ出し者〟であった。どんな時もそんな私を許し、優しく見守る両親の深い愛を身に染みて感じている。両親に報告しないことなど、私の頭の片隅にもあり得ないことだ。たとえ先生の気が進まなくとも、ここだけは譲歩できない。

次の日曜日。早速、目白まで銅子先生を迎えに行って自宅に誘うと、父母と弟がいた。父母は二人連れの私達を見て（一体、どこの誰を連れて来たのか？）と、呆気に取られた表情で二人を交互に見つめた。

「銅子さんと言います、今度、結婚することになりました」

私の言葉に、父母は仰天して銅子先生を見た。異端の私に驚かされるのは慣れていたはずだが、驚きようは尋常ではなかった。父は二人の空気感に、何か不可解なものを感じたのか言葉なく身構え、私に向かって小声で言った。

「どんな素性の人なのか……年が違い過ぎるんじゃないか？」

「銅子さんは日本の代表的書道会に所属していて、拓見大学で書道の時間講師をしています」

父の言葉を打ち消すように答えると、途端に父の顔が崩れた。〝どこの馬の骨か〟と疑った人の素性の一端がわかり――特に、父の好きな「書道」という言葉が――まだ年齢等について意に沿わないながらも、ひとかけらの親近感を与えたようだ。

父は銅子先生には目を合わせず、私に、

「結婚式はどうするのか？　兄さんの結婚が一ヵ月後に決まっているので、その後になると思うが」

と尋ねた。実は、敬愛する二歳年上の兄が世田谷区深沢の名家のお嬢さんと婚約し、挙式も十月に決まっていた。

「いえ。自分たちだけで決めたことなので、披露宴等もしないで結婚式は二人だけで挙げます」

父は黙ってしまった。世間の慣わし、良識に添わない行いは理解しようとしない。滅多なことを口にしない堅物の父は、筋道から外れた事柄には口を閉ざしてしまう。ましてや言い出したら聞かないところがある、異端の息子のことだ。

（様子を見るしかない……）

と考えたのであろう。そんな父の沈黙を肯定と受け取ったのか、暫く控えめにしていた銅子先生がすかさず口を出した。

「初めまして、山崎銅子と申します。どうぞよろしくお願いします。お兄様は、この度ご結婚おめでとうございます。お父様もお母様もご準備で大変なことと思います。どうぞお体にはお気をつけてください」

父は、私にいろいろ言いたそうであった。しかし、父の気をそらそうとする歯が浮いたような言葉に阻まれ、言っても無駄と判断したのか、さらに黙ってしまった。ともあれ、はみ出し者の私が自分勝手に決めて進めたことを、ひとまず受け容れる形となった。厳格な父にしては珍しい神対応だ。

最寄りの《久地駅》まで送る途中で、

「お父様は、役者みたいないい男ね」

銅子先生は父母に会う前とは打って変わり、ウキウキとした表情で言った。私が父の心中をおもんぱかって気が沈んでいる時に、そんなところを見ていたのかと思った。が、それは私側の事情である。それぞれの視点が違うのは仕方ない。

結婚式当日の日曜日。

私が黒っぽいスーツに白のネクタイ姿で式場に着くと、既に銅子先生と、年齢も背丈も同じくらいの二人の若い女性が待っていた。二人だけの結婚式に付添人がいることは知らされていなかったので、意外であったが、

「この二人は、私の妹達です」

名前は明かさず紹介され（ああ、そうか）と思い、気にも留めなかった。二人は私に向かって、無言で笑ってペコリと頭を下げた。私はどちらかというと、どうでも良いことには疑問を持たず、現状をそのまま受け入れるようにしている。だから先生の妹達の挨拶も素直に受け入れた。

いよいよ式が始まり、カトリック教の神父と私が祭壇に立つ。

入口が開いて、銅子先生が二人の妹と一緒に入ってきた。真ん中先頭の先生は江戸小紋で白色鱗紋の留袖、両側やや後方を歩く妹達は白いドレスでブーケは持っていなかったが、なんとも目にまぶしかった。キューピッド役の二人は祭壇近くで二手に分かれて、私が銅子先生の手をとって壇上に上るのを助けた。神父は私に向かって、

「新郎松下紀夫さん、あなたは妻銅子さんを病める時も健やかなる時も、富める時も貧しき時も、妻として愛し、慈しむことを誓いますか？」

「はい、誓います」

私は答えた。

次は、銅子先生の番だ。

「新婦銅子さん、あなたは夫、紀夫さんを病める時も健やかなる時も、富める時も貧しき時も、夫として愛し、慈しむことを誓いますか？」

「はい、誓います」

この後、神父は二人の間に割って入り、いきなり甲高い大声で同時に二人の肩を強く叩いて叫んだ。

「愛だ！　まことだ！　永遠の光だ！」

私は電気ショックを受けたような衝撃で、思わず小さく噴き出してしまった。緊張状態ではよくあることだ。銅子先生を見ると、いつになく真剣な顔で私を見つめ。目から二筋の涙が流れていた。二人の妹が両側から舞うように近づき、私たちの頬に交互にキスをした。その時、私には二人が、まごうことなき天使に見えた。


それから三日後には、早速新居を探した。

ゆったり生活をしたいという銅子さんの強い意向で、二人だけにしてはちょっと贅沢な広さの二LDKを目白に探し当てた。引っ越しには、銅子さんの妹達が手伝いに来てくれた。だが、なぜか私の前では用件以外ほとんど口を利かない。不思議と思えるくらい、ただ黙々と働くだけだった。

アパートの家賃は、共益費込みで三万円。私の給料が三万五千円なので、家賃を払えば生活費が出ない。私はまだ若い上、体力には自信がある。退勤後に図面描きのアルバイトをすることで生活費を稼ぐことにした。

会社の下請で電気設計を請負っている安達さんから、新宿で個人経営している建築設計事務所の河上さんという七十五歳くらいの先生を紹介された。永年の実績で顧客に恵まれ、常に仕事を抱えているという。ちょうど年齢が年齢なので、図面を描いてくれる人を探していたところらしい。望みが叶って、確実なアルバイト先を得ることができた。

図面描きの仕事はまだ半年の経験しかなかったが、河上先生は図面の細かい表現方法を懇切丁寧に指導してくれて、図面代もしっかり払ってくれる。その代わり、私が建物のプランニングとか得意な絵心を活用し、完成予想図等を提供して河上先生の営業活動の手助けをする。お互いが補い合い、持ちつ持たれつの良好な関係を築くことができた。自分の技術も向上し、生活も安定する。まさに一石二鳥であった。

銅子さんの〈拓見大学〉の報酬は一万円とのことだが、自分の活動費用で消えてしまう様子である。書道界の一線で活躍するには、それなりの〝軍資金〟が要るようだ。銅子さんは、

「今活躍している女流書道家は、富豪のパトロンがいて出世できたのです。書道界でのし上がるには、才能に加えてお金が必要です」

と書道界の現状を語ったが、素人の私が銅子さんを見ると書の天才だと思う。本当の美がわかる鑑定人から見れば、書道界のならわしなどは関係ない。鑑賞する人々を感動させる真の美こそが世間が認める本当の価値であり、その人の実力だ。

若輩で力不足の私は生活費を稼ぐのが精一杯なので、一流の組織で活動するための資金援助などは論外のことだ。こんな、あまりにも非力な私と一緒になったことは、銅子さんには不運としか言いようがないだろう。

だが、このことについては、銅子さんが書道界の実情を語ったに過ぎなかった。その後も組織の中の地位などには全くこだわっていない様子なので、私のつまらない取越し苦労であった。

新婚旅行は次の土日の二日間、私が学生時代に一ヵ月宿泊した思い出の長野県北安曇郡白馬村の民宿を選んだ。

民宿の女将さんは私を覚えていた。ただ銅子さんを見て、一瞬、不思議な人を見るような目をしたが、すぐに気にしないそぶりで甲斐甲斐しくもてなしてくれた。その日の夜、銅子さんが初めて私の過去に興味を示した。

「この前、あなたの立派な実家を見せてもらいましたけど、今までどんなことをしてきたのかぜひ知りたいわ」

「今までは学生だったので、特に話すことは何もないです。あえて言えば、親友が二人いてあちこちを旅行したことかな」

「恋愛の経験はなかったの？」

「あまり話したくないのですが、片想いはありました。中学二年の時に見初めてから九年半余り、一人の女性だけを想い続けたあげく失恋しました。しかしそれは過去の……」

ここまで言うと、銅子さんは途中で言葉を遮った。目を丸く見開いて、

「今さら何を言うんですか。そんな女があなたの心にいるなんて、耐えられない。それを私に平気で言うあなたはひどい人だ」

大声で私を非難し喚いた。これは過去の終わった話だといっても聞く耳を持たず、非難は止まらない。そして大声でワーワー泣き出した。

夜の間、朝まで泣かれてどうにも手に負えない。木造の民家の家の中は、襖で仕切られているだけで筒抜けである。他の客がいないのは救いだが、家の主はおそらく眠れなかっただろう。大変な迷惑をかけてしまった。この片想いの話は結婚した相手にはタブーであった。初めて見る錯乱して荒れる姿は、勢いからして私には修復不可能に感じられた。

（東京に帰ったら別れることになるかもしれない……）

と内心で覚悟した。

翌朝、部屋に朝食を運んできた民宿の女将は怪訝そうであった。

四

目白のアパートに帰ると、銅子さんは旅行先であれほど錯乱して私を責めたことを、すっかり忘れてしまったようにケロッとしていた。穏やかな普段の顔である。その急変ぶりがどうなっているのか理解できなかったが、ひと安心だ。

私は、別れる覚悟を切り替えた。

こうして、アパートでの新しい生活が始まった。

銅子さんは、デパートで緑色のカーテンを注文してきて言った。

「私、五月病と言って、たまに頭がおかしくなるの。部屋のカーテンを緑に統一して、緑の館にしないと気持ちが落ち着かないのよ」

同居が始まった後で〝頭がおかしくなる〟という言葉を初めて聞かされた。そういえば書道教室に使われたアパートの部屋も『緑の館』であった。五月病というのは五月頃に学生やサラリーマン等が、環境の変化で誰でもかかる可能性のある軽いうつ病のように聞いていたので、心しておこうという程度に聞き流した。

九月も終わる頃、アパート生活も慣れて、二人の日常も落ち着いてきた。銅子さんは二人だけの営みを愛情のこもった短歌にして、その方面の才能も見せてくれた。

間もなく、拓見大卒の芹沢さんが都合でやめることになった。彼女は私達の関係にずっと興味がある様子で、多少の好意すら寄せてくれていた。私より以前から銅子さんを知っている、唯一の身近な存在である。今までほとんど休まずに稽古に来てくれるのが嬉しかったので、出来ればやめないで欲しいなと期待した。彼女は、

「先生は大学をやめているし、私がやめて縁が遠くなるけど、これからも心配だからあなた達をずっと見守っているわよ」

と言った。

銅子さんが拓見大の時間講師をやめていたとは――肝心の同居者の私が、全く聞いていなかった。しかし、家族のように親しい芹沢さんから伝えられた言葉だから、本当だと思う。鋭い洞察力と、優しい心根を持つ彼女は何かの時の相談相手になれそうな気がするが、住所も電話番号も私にはわからない。これで彼女とも縁が切れてしまうだろう。

師弟関係では、私に対してひいき目で見てのことだと思うが、もう教えなくても才能があり資格

は十分と言われて、早々に『江紀』という雅号をもらっていた。

銅子さんが拓見大をやめていたことがわかった頃から、書道会の話も出なくなった。やがて手首の運動もせず、書作品も書かなくなってしまった。

以前私は姉から、姉の仲間の書道家が神経症を患い書道界から去った話を聞いたことがある。何もない白紙の上に、少しのぶれも許されない文字作品を厳しく書き込んでゆくことは、神経に大きな負担がかかるのかもしれない。ましてや、もともと銅子さんは五月病を病む。その厳しさが耐えきれなくなったたか？　あるいは人間関係とか、お金の問題とか、何かあって書道会をやめてしまったのかもしれない。

その他のことでも、彼女の身の回りの世界は私には何の話も相談もなく、見えない壁で仕切られている。私は少しの時間も惜しんで仕事をしていて、詮索する暇もない。もともと師弟の間柄だったので、弟子の分際で師の世界に立ち入るつもりもない。

全ては、私の憶測でしかないのだ。

私が自分から願って入門して、とても楽しかった書道の世界は、残念ながらわずか半年で幻の如く消え去った……。


十月十五日に、兄が結婚した。

父と兄は私を呼べば銅子さんも一緒に呼ばなければならないと、相当に悩んだらしい。事前に話があり、結局は〝婚約者〟ということで出席し、二人一緒に親族に紹介された。式後は両家の親戚七十人で、銅子さんも写真に収まった。他の人が黒留袖とか黒い礼服の中でただ一人、二人だけの結婚式の時と同じ白っぽい色留袖で、特別に目立っていた。

披露宴は総人数五百人で、宴席の祝辞は、近日中に父が出馬する予定の市議会議員の選挙関連の内容が多かった。まるで父のための宴席のように見えたが、これも兄は松下家を背負う長男の立場故の定めと、自覚しているに違いない。兄は二歳年上で、家の手伝いとか近所の付き合い等、父の代理役も一人で担っていた。かつて私が家出をした時には、下宿先に、兄のひと月分の給料をはたいて立派な製図台を送ってくれたこともある。弟たちを思う、優しい性格の持ち主だ。

宴席は丸テーブル席で、私たち以外は両親と姉夫婦と弟だけだったので、安心して会話ができた。弟は父が戦地から帰ってからもうけた子で、私と五歳ばかり年が離れた学生である。私の言うことをよく聞く、まことに素直な弟だ。銅子さんに対しても「姉さん、姉さん」と、調子よく話しかけている。一方、姉とはお互いの書道界の話をしていたが、それほど打ち解けず、途切れ途切れの会話に終始した。銅子さんも心得ていて、会話する相手は姉と弟だけにして、できるだけ目立たぬように控え目にしていたのでひと安心した。

会社に入社して八ヵ月が経ち、初めて担当を任された〈緑農協〉の建物が完成した。

色決めは、全部私が任された。初めての仕事で力が入り過ぎて美しい色をふんだんに使ったため、

鮮やかで豊かな色彩の極めて明るい建物になった。農協のオーナー側からは、

「見たこともない美しい建物」

と大いに感謝されたが、川嶋社長からは色の使い過ぎを指摘され、必要以外の色は極力抑えるように注意された。

色については〝明るさと調和〟を主張したつもりだ。西欧にも原色を使った立派な建物がある。これはこれで良しとしたい。ただ、建物は時を超えて存続する。いつまでも飽きのこない、本質に基づいた建物は社長の指摘する通り、究極に洗練されて必然的に生まれる形と色だ。今後は基本設計の段階から、環境との調和を考慮した本質的な建物を追求させてもらえれば有難いなと思った。

そんな私の望みが通じたのだろうか？　緑農協の現場が終わり、今度は社長の配慮で神奈川県南の〈ホテル青山〉増築工事の企画設計から工事監理まで全工程を任されることになった。

会社の仕事が順調に推移しているある日、銅子さんは私に、

「実は、池袋に亭主がいます。その人はすぐに暴力を振るうので、ずっと別居したままです」

と、さりげなく言った。

「エッ、まさか！　冗談でしょう」

驚いた。もしも本当なら二重結婚か？　彼女のしたことは不貞行為だ。

あの挙式の時、どういう心境で涙を流したのか？

妹達も、なぜこの不貞行為に加担したのか？

私には、理解できない。これは許されるものではない。二人の結婚式も済ませ、兄の結婚式にも出席して親戚に紹介されて、ご近所にも知れ渡った後だ。〝自称・五月病〟をこともなげに告白したのも、同居を始めてもうあと戻りできなくなった後だった。

こんな大事なことを、抜き差しならなくなってから平然と言うなんて、何かが狂っている。この人は一体、何者なのか？　今までたとえ異端とされても、自分なりの信念に基づいて正しいと判断したこと以外でも、後ろめたいことは何もしていない。私は、

「私がそのご主人に会って、話をします」

と言った。彼女は、

「それだけはやめてください、暴力を振るうので、会うと殺されます。絶対に会わせられません。これはあなたには関係ないことなので、立ち入らないでください」

関係ないとは、私の立場を無視した言葉だ。見方を変えれば「間男」ということになる。

しかしご主人に会うと言ったことで、彼女の態度は一変し、恐ろしいほど必死の形相で言い張ったのだ。別居しなければならない余程の事情とか、私と会わせられない余程の理由があるのか？　暴力を振るうということはその筋の人か？　しかし話によれば……御主人は山崎竜太郎という名で、職業はれっきとした司法書士だという。

知らなかったとはいえ、結婚を私が申し込んだからには自分にも責任がある。こうなった以上、御主人の見えない部分は見えないままにして、現実に一緒に生活する銅子さんを信じるしかない。

もしも何かが起こったとしても、たとえ殺されても、誰にも迷惑はかけられない。図らずも自分が負ってしまった罪の大きさを認め、自分の責任で解決して、このまま前に進むより他にない。

実は私には、会社とアルバイトともう一つ、一級建築士の試験勉強があった。

大学を卒業して二年と実務経験一年で受験資格が得られる。会社に勤めてあと半年で一年になり、実績ができる。そろそろ受験の準備が必要だ。しかし試験は難関で、仕事をしながら余った時間を利用しての勉強では、どう考えても三年はかかる。そこにも多少は時間を割かなければならない。得体のしれないところがある銅子さんを相手に、深くかかずらう暇がない……これ以上何も起こらないことを祈って、いつでも最悪の時の覚悟だけは持っていよう。

書道関係のすべての活動を停止してからの銅子さんは、暇を弄ぶようになった。

それに伴い次第に集中して私に愛情を注ぎ始め、性格も純粋な子供のように変わっていった。もしかすると本来の銅子さんが純粋で、そこに戻ったのかもしれない。

毎朝の出勤の際、私が玄関から一階に降りて道路に出ると、

「行ってらっしゃーい」

銅子さんは二階の窓を開けて、大きく手を振る。

会社からの帰路、私がアパートに近づくと、

「チクワチャーン、チクワチャーン」

窓から落ちんばかりに身を乗り出し、手を振って迎える。

私の帰りを、朝からずっと待っていたのか？　なんでノリオではなく、チクワなのか？

とにかく、あたりを憚らぬ大声であった。二人で外出する時は、必ず手をつないでくる。私が人目を気にして離れるように言うと、悲しそうに上目遣いになり、両手を下に広げたペンギンスタイルでよちよち歩いてついてくる。何気ない動作も、大きな可愛い子供のようである。毎夜、兄の贈物の製図台を使ってアルバイトの図面を引いている間も傍に佇み、少女のような目でまんじりともせずにジッと私を見ている。何の邪心もない童子のようだ。そんな彼女を、私は次第に愛おしく思うようになっていった。

銅子さんは、短歌を詠む。

十二月暮の寒い夜、二人が一つの蒲団に並んで寝ている時に、私の肩に顔を寄せて見上げながら、

『寒小菊　咲きつぐ夜を秘かにて　君の瞳の深く哀しき』

とても幸せそうな顔で詠んだ。古歌は平仮名、万葉かなとか草かな等のかな書で表現される。おそらく、書道家には短歌の嗜みは欠かせなかったのであろう。

年が明けて早々、池袋の短歌同好会に誘われて同行した。私以外の他の人達は皆会員で、題を決めて歌を作っていた。短歌の先生が私に、

「何でもいいから、今頭に浮かんだ歌を詠んでみますか？」

と言われ、私は生まれて初めて歌に挑んだ。

『仕事場の　壁にかけたる燻製画　溢れいでくる汗塩からし』

仕事する風景を詠んだつもりだが、先生は無表情のまま、

「鮭の燻製画ですか。状況描写はいいね」

と、短い批評をするにとどまった。

そういえば……あれは、九月も終わらんとするのにまだ暑さが残る休日だ。マスクメロンを二人で食べながら、

『過ぎしもの　なべて哀しと寄り添えば　二人の秋をメロン滴る』

と、彼女が詠んだことがあった。その時は同居したばかりで（歌の才能もある人だ）としか思わなかったが、今この歌を噛みしめると、銅子さんの心が伝わる深い愛情が醸された歌だった。

歌から見て、あの頃には彼女の深い愛は既に存在していたのだ。ただ、今は、書道などのすべてを捨てて、さらに集中して私に愛を注いでいる。彼女にとって、結婚して今までで最も幸せと思える、貴重な時間であったと思う。

しかし、この短歌の会も私が同行したのは一度きり。詠む歌もこの二首のみで、その後に詠むことはなくなった。私の心に深く訴えてくれた短歌という風雅な嗜みも、不思議なくらいはかなく消えた。

五

二月末、銅子さんは変貌した。

私が設計した神奈川県南の〈ホテル青山〉増築の着工にあたり、現場で施主と設計事務所と施工業者の三者合同顔合わせの宴会があった。結婚後、初めて深夜の無断帰宅となった。

銅子さんは既に寝る準備をしていて、いつになく不機嫌そうな顔で待っていた。私が急ぎシャワーを浴び、寝間着に着替えて二人一緒に蒲団に入るとすぐ、

「今日は遅かったわね、何があったの？」

と聞かれた。

「今日は、湯河原の現場で顔合わせの宴会がありました」

「芸者を呼んだの？」

「ああ、お酌が十五人――」

と言ったとたん、銅子さんの目が三角に吊り上がり、

「私が朝からずっとあなたのことだけを想って待っていたのに、あなたは芸者なんかと遊んでいたのね」

ムクッと彼女の上半身が起き上がった。太った体が蒲団から少し浮いて、ピョンと飛び上がったように見えた。髪の毛は乱れ、まるで女夜叉の形相になり、上から飛び降りざまに体重を乗せて両手の爪で私の両頬を思い切り引っ掻いた。頬の肉はえぐられ、血がしたたり落ちた。

私は、声も出ない。私の血を見て興奮したのか、銅子さんは手早く私の着衣を脱がせ馬乗りになる。手で私のものをつかみ、激しく動いて、果てた……。

私は起き上がり、自分で傷口を消毒して絆創膏を貼った。同じようなことが新婚旅行先の夜にあったことを思い出した。でも、あの時は今度のような逆上しての暴力はなかった。思うに、恋とか芸者とかいう言葉は彼女を逆上させるようだ、こういう類の言葉は、ご法度であると肝に銘じた。だがそれ以後は――夜寝る前の眠い時に、馬乗りになって〝その日の行動〟を毎日のように問い質されることが日課になった。

私はいつも疲れて寝るので、まるで軽い催眠術にかかったように朦朧とした頭で、その日あったことをそのまま喋る。既に懲りているから女性に関する言葉は避けたが、今度はそれ以外でも気に障る言葉を発すると、返答によっては引っ掻かれた。最初のような深傷はなくなった上に麻痺したのか、強い痛みは感じなくなっている。しかし、その直後は決まってセックスを強いられるようになった。癖になってしまったようだが、この程度で死ぬことはない。

会社、アルバイト、その少々の合間にする試験勉強などに加えて頻繁なセックスで、それでなくても奥目の私が、さらに目が落ち窪んでいった。

四月に、実家の父の市議会議員の選挙があった。

父は長年にわたり地区町会長、連合町会長、農業委員とか農協組合長、県農協の役員等、地域で活躍してきた。市議会では小さな会派、無所属の会に所属して、公正無私の是々非々を信条とする。この頃は市全域が選挙区で広域のため、猫の手も借りたいほど忙しい選挙であった。

当然のごとく、銅子さんも運動員のためのおにぎり作り等を手伝った。人前で体裁を繕うことについて天才的な彼女は、非常に上手く振る舞っていた。私は、会社に一週間の有給休暇願を出した。兄は選挙事務所で来賓の接待、私は弟や運動員たちと一緒に選挙カーを先導したり、演説場所の設定、下準備、候補者に並んで有権者に手を振る等の役割を担った。手を振る時、私の顔に絆創膏が貼ってあるために目立ってしまった。母が私の顔を見て、問うてきた。

「顔、どうしたの？」

「猫に引っ掛かれた」

と言い訳したが、母は昔から自分の身を削って子供達に尽くしてきた慈母である。勘が鋭く、子供の変化は微塵たりとも見逃さない。私の下手な言い訳はすぐに見抜かれた。

「社会で活躍する男の顔は大事ですよ。どんな理由があろうが、顔は引っ搔かないように」

母はきっぱりと、銅子さんに釘を刺した。銅子さんも黙って小さく頷いた。

その日以後は、母の言うことを守って顔を引っ搔くのをやめた。

その代わり、胸から下の見えない部分を引っ掻くようになった。ひどい時は傷口が治りかかって絆創膏をはがしたところに、手加減なく引っ掻かれることもある。絆創膏からはみ出したところは肌着に付着したり、外見ではわからないが、上半身はそれはひどい状態になっていた。

選挙運動も無事に終わり、翌日の投票結果は上位当選であった。

五月に入った日曜日の夕方、友人・石井君が一升瓶を担いで来訪した。

彼は新潟出身で、大学生時代には登山とか、旅行、帰省に同行したり、色々行動を共にした親友である。今や〈鹿山建設〉の現場責任者に昇格して、所長の下で現場を取り仕切る立場になっていた。忙しい現場を抜け出して来たという。部屋に入ってチラッと銅子さんを見て、彼の目がビクッとした。それを見た私は間を置かず、

「こちらは銅子さん、こちらは親友の石井君」

と相互に紹介する。石井君は、相手をまともに見ないで仏頂面のまま挨拶した。

彼は学生時代によく『子供の家』に足を運んで子供たちと遊び回ったり、ある日の夕暮れには、丘の上で木の梢に小鳥が飛び交う風景を見て、故郷新潟の母を思い浮かべて涙を流すほどの感受性が強く優しい心の持ち主である。

人の性格が根本的に変わるとは思えないが……私の知る、心優しい石井君とは程遠い態度だ。今日は何か様子がおかしい。銅子さんは、

「よろしく」

と言いながらも、嫌な顔をしている。不吉な予感がしたが、

「いやー、久しぶりに会えて嬉しい。大分、日焼けしてたくましくなったね。今、現場はどこなの？」

「今は、神奈川県の流通センターの現場をやっている。責任者の立場なので、各職と意思疎通を図って、上手く動いてもらうのに腐心しているよ」

彼の建物を施工する立場とその組織に興味があったし、私も建物を企画創造する理想を語りたかったので、話に熱が入った。

彼が持参した一升瓶の日本酒も進んだが、ほとんどは彼が一人で飲んでいた。二人の話に入り込めない銅子さんは不満顔を露わにしているが、構わず久しぶりの親友との会話にさらにのめり込む。石井君はろれつが回らない状態になって初めて銅子さんに目を向け、おもむろにポケットから折りたたんだ紙を出してテーブルの上に広げた。

そこには昔、私が描いた美しい女性の顔があった。それは昔、新潟の彼の実家で頼まれて彼の妹を描いたものだ。私は（しまった）と思った。こんな絵を銅子さんが見たらどうなるか、目に見えている。なぜ、こんな昔の絵を持ってきてわざわざ見せるのか。彼は、

「俺が知っているお前の理想の相手は、この絵のような女性だ」

銅子さんを指さして、

「この人は、さっきから見ているとお前を見下しているし、客に対する態度も悪い。俺が見たところでは年も何もかも釣り合ってない。昔から知っているお前は気位が高い、理想の高い男だ。俺はそんなお前を心底尊敬していた。お前の理想とかけ離れたこんな女と結婚したなんて、俺には信じられない。はっきり言う。お前は自分の気持ちに嘘をついている。俺は悔しい。頼むから別れろ」

酔った彼の言葉は断片的だ。絵を用意していたことといい、彼は来訪する前から銅子さんが自分の想いと違った場合、これを言うつもりだったのかもしれない。

絶交覚悟の親友の言葉は心に響く。石井君は工事現場という、一寸の間違いも許されない合理主義的な世界に染まっている。そんな彼は、異様な雰囲気の太った女性と、目の落ち窪んだ痩せた男性という、物語の世界にいるような私たち二人を見て、尋常でないものを敏感に感じとったのだろう。今の生活を続ける私の覚悟と、突然急変する銅子さんの性格を知らない彼は、決定的なことを言ってしまった。

ガチャン!

壁に向かって、思い切り食器が投げつけられた。

「出ていきなさい!」

銅子さんは怒鳴った。

私は、泥酔してふらつく彼を肩に担いで外に出た。一階の玄関ホールで彼はよろけて倒れ、床のコンクリートに強く頭を打った。

「大丈夫か。ここで少し休もう」

しばらく間をおいて、私は静かに言った。

「君には、今の僕は理解できない、異常な世界にいるように見えるだろう。僕を思う君の言葉は、心に深く突き刺さる。確かに彼女は君が直感した通り、普通の人ではないが、自分で選んだ相手なのでもう引き返せない。どんな境遇になっても、いずれ泥沼になっても、これが自分の運命だと覚悟している。こうなった以上もう君とは会えないが、君の気持ちはいつまでも忘れないよ、ありがとう」

彼は、泣いていた。

超大手会社で部下を束ねる屈強な現場責任者が、涙を流していた。確かに、彼は友人を想う人情家である。私の学生時代の自殺未遂も知っている。心から信じていた友が、異世界に行ってしまったのを見て悲しくなったのか？　しかし、ここまでの言動を取るには他に何かある。私は思いを巡らせた。

一つだけ、思い当たるふしがあった。

彼には、美しい妹がいた。学生時代に彼の故郷新潟で一度だけ会って親しく遊んだり、頼まれてスケッチしたことがある。その時、彼の父親が私の身上調査みたいな質問をして、

「うむ、合格じゃ」

と言ったことを思い出した。

もしかして、親友と妹の縁を密かに望んでいたのか？

そんな彼が私たちに会い、親友の相手の異常を察し、これならもっと早く縁を繋げばよかった——と、よほど悔しかったのだろうか？

彼の真意はわからない。もう会えないと思うと寂しかった。彼を駅まで送るために、肩に担ごうとしたが「大丈夫」と言って自力で歩いた。ふらつきながら改札に入る彼の後姿は、わびしい限りだ。ホームに消えるのを最後までしっかり見届けての帰り道、街路は人通りも少なく両側の街灯も心なしか薄暗く感じる。私は感情を失ったような空虚感に支配されていた。

アパートに帰って部屋に入ると案の定、銅子さんは大声で喚き散らした。

「何ですか、あの人は！　あれが親友ですか？　あんな人、二度と連れてこないで！　付き合わないと、今約束して！」

錯乱が鎮まるまでに、三時間かかった。


次の日の夕方。会社から帰ると、銅子さんはずっと私を待っていたかのように、すぐに言った。

「私、頭がおかしくなったから、目白駅裏の〈高成精神病院〉に行ってきます」

財布を手にして、自分一人でプイと出かけた。いつもなら錯乱しても翌日はケロッとするのに、前日の石井君の来訪をまだ引きずっているようだ。

精神病院とは大げさなことだが、その病院は以前から知っているような感じである。どんな症状かはわからない。昨日の石井君の件で〝自称五月病〟が出て、行きつけの病院に薬でももらいに行ったのだろう。あまり心配することはなさそうだ。

一時間ほどで、銅子さんは病院から帰ってきて言った。

「先生が、あなたに会いたいと言っています。行ってください」

私に会いたいとは、どういうことだろうか？　そう思ったが、とにかく場所を聞いて出かけた。

〈高成精神病院〉は、門から玄関までのアプローチが長く古い常緑樹が鬱そうと茂り、歩いているうちに心が落ち着いた。精神病院には、最適な雰囲気である。診察室に入るなり、高成医師が私を睨みつけるように、

「あなた、どういう人ですか？」

険しい顔で言った。意味がわからないので、

「どういう人ですかって、見た通りです」

私は返答する。

「患者さんが、あなたの悪口を洗いざらい話して帰りました。あなたは若いが、今後もあの人とやってゆくつもりはありますか？」

「何を話したか知りませんが、自分から結婚を申し込んだので責任があります。彼女は暴力を振るうので、それがなくなれば続けてもいいと思ってます」

「あの人の話では、若いあなたは人の気持ちがわからないお坊ちゃん育ちなので、もう少し気配り

をして欲しいらしいですよ。他に色々言っていましたが、実際に見るあなたは正直だし、話とはまるで印象が違います。あの人のタイプは、一万人に一人いる〝岡本かの子〟と同じタイプで、天才と精神分裂と紙一重の人です」

「銅子さんは五月病と言っていましたが、精神分裂病なのですか？」

精神分裂という強烈な言葉に耳を疑った。昔から私の頭にあった精神分裂とは放置すると危険な病気で、世の中から隔離されたイメージだ。銅子さんが自称していた五月病は、実は精神分裂だった。

結婚式を挙げ、旅行する以前はこれといった異常は見られなかった。一緒になってから、次々と常軌を逸した異常性が露わになったのだ。私の気遣いのなさも、原因の一つのようだ。高成医師は言った。

「精神障害と天才的才能を持つ正常な状態が境界線上にあって、どちらかが不安定に現れる状態です。普通の生活には支障ありませんが、ちょっとした刺激で変貌します。これからも一緒に生活してもらえるのであれば相手を刺激するような言葉は一切使わないで、優しく包むようにして守ってあげてください。あのタイプの精神を病む人の治療は医学的根拠というわけではないですが、平静な通常生活の中で治してゆくのが一番良い方法です。若いあなたには大変なことですが、今日お会いして、あなたならあの人と優しく取り組んでもらえると確信しました。こちらから、ぜひお願いします」

以前から銅子さんは患者だったらしく、よく知っている様子で、最敬礼で頼まれた。彼女の妹達やご主人・山崎竜太郎という人物も、無論このことを知っているはずだ。ご主人に暴力を振るわれたことによるストレスと、因果関係はあるのだろうか？妹達が私に対して言葉少なであったのは、このことを知られたくなかったからか？真意はどうあれ……はっきりわかったのは、その人達の大変な〝お荷物〟を私が抱え込んでしまったことだ。

今までは、私の言葉足らずの甘さだけが彼女を激昂させると思っていた。それも一つの原因だが、それだけではなかった。銅子さんが逆上するのは、以前からの精神の異常によるものであった。

私は戦国から桃山時代にかけて活躍した武将、山中鹿介が三日月に祈ったと伝えられる、『願わくば我に七難八苦を与え給え』という言葉が好きだ。これは、『苦難はすなわち幸福である』と説く仏教の経典を原点としたと言われている。しかし、それは仕事に対しての不撓不屈の精神のことである。

とりあえず仕事は順調だ。今後予想される銅子さんとの困難な生活が、私の七難八苦に当てはまるだろう。今までは錯乱する本当の原因がわからずに、どうしたものかと悩みもあったが、たった今原因が判明した。

楽天家を自負する私は、程度の知れた精神的・肉体的苦痛とかの類はあまり深刻に考えない。原因さえわかれば無駄に悩むことなく、苦難に立ち向かえる。銅子さんの精神がなるべく錯乱しないように心して気を配り、今まで以上に優しく向き合おう。荒れ狂う時は手が付けられないが、時間がたてばケロッと忘れ、いつもの愛らしい銅子さんに戻る。普段の正常な時は、とても可愛い穢れなき子供のようだ。

そんな姿こそ、本当の彼女だと私は信じる。

山中鹿介ではないが、この大変な試練を与えた『運命神』に従うしかない。

六

その年の夏、自分で基本設計から担当した〈ホテル青山〉の増築工事が完成した。

本館と別館をロビーと客室群で繋ぐ連絡棟で、既存建物と調和しながら、さらに新しいコンセプトを導入して、最大限の〝癒し〟と〝もてなし〟の空間を演出することを心がけた。川嶋社長は、

「デザインを筆頭に、非常に雰囲気のよい魅力的なホテルが出来た。九十九点だ」

今度は大変喜び、褒めてくれた。だが、足らない一点は何だろうか？

その後も約五ヵ月間、住宅を始め色々な建物の企画・設計を担当し、社長に随行して営業を見習ったり、中身の濃い実務経験を積むことができた。

そして、翌年一月。一通りの自分の仕事が一段落したところで、会社に辞表を出した。

何故？　と理由を尋ねられ、

「自分の勝手な事情です。社長にはお話ししていませんでしたが、生活のため、夜は毎日図面引きのアルバイトをしています。このところ副業と並立して仕事を続けていて疲労が溜まり、大切な会社での能率が低下し、最善の仕事ができない危惧を感じています。このままだと、会社に大変な迷惑をかけてしまいます」

と答えた。

「多少なら給料を増やしてもいいが、他の所員とのバランスもある。よくやってくれているので、特別手当の名義で一万円支払うが」

「ありがとうございます。すみません、自分で蒔いた種なので、お話しするのもおこがましいのですが。同居している人が不安定な精神状態の持ち主で、自分の働きに不相応な広い住まいに住むなど、彼女の精神の安定を守ることを第一に生活を組み立てています。何とか頑張ってきましたが、いよいよ体の限界を感じるようになりました。そんな自分の勝手な都合で、会社に迷惑をかけることは絶対にできません。入社してから今まで、社長さんには格別引き立てていただいて本当に感謝しています。このご恩は決して忘れません」

「お父さんに話したの？」

「まだですが、父には自分で話します」

こんなに良い社長を紹介してくれた父に話せば、落胆するだろうし、必ず事情を聞かれる。私生活の本当の事情は、両親だけには口が裂けても言えない……。

会社の仲間たちが、駅近くの料理屋で送別会を催してくれた。何事にも会費制である。工事費積算の長井さん、構造設計の加山君、意匠図の森君達とは、まだ未熟な私がいずれ独立した暁には、仕事を手伝ってもらう約束を交わすことができた。


半月が経過し、募集広告を見て東京渋谷の〈木所建築事務所〉に転職した。

やはりここも川嶋建築設計事務所と同様、二階建個人住宅の居間を事務所としている。ビルの設計もあるが、個人の新築、増改築の住宅は工事まで請け負っている。庭に小さな工事用作業場兼材料置場を設けていた。比較的給料がよく、自由が利きそうな事務所なのがここを選んだ理由だ。私は勤務時間を定刻の、

「九時〜十七時半までで、残業なし」

という条件を呑んでもらった。アルバイトもあるし、何よりも遅くなると、精神を病む銅子さんがおかしくなるからだ。

所長は眼鏡をかけた学者のような風貌で、どこか品位がある反面〝べらんめえ調〟の下町言葉を

使う。顔と口調は、別人格に見えた。所員は、唐津という真面目そうな私より三歳年上の二十八歳で、工事の職人手配等現場監督をしていた。橋本という私と同い年くらいの神経質そうな人は、所長の運転手兼工事用資材運搬役。他に相沢さんという二十歳の女子事務員がいた。皆、所長を「先生」と呼んでいる。先生は何を研究している訳でもなく、ただその風貌故の呼び名らしい。

ある時、先生に誘われて工事中の住宅現場に行った。先生は浴室部分を工事している左官職人と話し合っていたが、やがて口論になった。いきなり左官職人がコテを振り上げ、

「何をこの野郎！」

先生に迫った。先生は現場中を逃げ回った。私はそこに、先生の決して妥協しない信念を貫く姿勢が見えて嬉しかった。

二月になったある日、所員の唐津君が私の家に来た。

彼は、自分の将来が不安だと言う。以前、書道の稽古の時に、若い人達と銅子さんとの会話で〝若人の悩み〟に対する相談話が多かったのを見ていた。だから、彼の不安についての相談相手としてはうって付けだろうと思ったし、真面目な彼なら銅子さんを刺激しないという安心感もあった。ちょうど良い話し相手になると考えて家に誘ったのだ。

思った通り、唐津君は正直に悩みを語った。私が木所事務所に入ったせいで、唐津君自身の立場と将来に不安を感じるようになったらしい。それを聞いて、私はいずれ独立して設計事務所を開く

つもりであることを伝えた。

銅子さんはこの類の話はよほど性に合うのか、水を得た魚のように目を輝かせて語った。

「大丈夫、あなたの顔には金運があります。迷わずにそのまま今の仕事を続けていけば大成します。将来は今の会社を継いで、あなたが会社を大きくすることになります」

銅子さんに断言されて、唐津君も簡単に悩みが吹っ切れたようだ。

「ありがとうございます。自分の将来に希望が湧いてきました。松下さんが入ってきて、会社の真ん中にでんと座ってプランとか図面をこなす姿を見て、すごい人が入ってきたと恐れをなしていました。あの会社はビルより住宅が多く、松下さんにはふさわしくないと僕でもわかります。今日、お話をしに来てよかったです」

と言って喜んで帰っていった。帰った後、銅子さんは得意げに、

「私には普通の人に見えない、もっと広い世界が見えます。人の顔を見て、その人の将来が見えるのよ」

この時、初めて霊感があることを明かした。

また一つ、見えていなかった彼女のヴェールがはがされた。そういえば私と初めて結ばれた夜、私の素性を聞かないで「あなたと私は運命が似ている」と言ったり、二人の関係が「泥沼になる」と予言めいて言ったり、若い人達からそれらしき相談事を受けて、あなたはこうなる、ああなる……と断定して話していたり、思い当たることが多々あった。

続けて私に、

「実は、池袋の知り合いに野崎先生というよく当たる神様がいるのよ。ぜひ、あなたに会ってもらいたいです」

と頼んだ。

私は、世間で言う巷の神様は信じない。仏教にある『即身成仏』つまり人は皆、自分自身の奥深い意思の中に仏の本性を持っている。どんな境涯にあっても普通の日常生活を修行の場として、日々真剣に取り組めば、悟りを開くことができ、その本性に近づくことができる――という考え方や、聖書にある『神の国はあなたがたの内にあり』という言葉などを信じている。

予知能力なども修行するしないにかかわらず、誰でもその人が持っている神通力の差に過ぎないと思っている。野崎先生とやらに会うのは、あまり気が進まなかったが、銅子さんの傍に接していて、霊感とか神様とかの超自然的な世界が、ただの精神の妄想現象なのか？　あるいは仏の本性と何らかのかかわりがあるのか？

そういうことに興味が湧いた上、何よりも逆らえば病気に障るだろうと思い、会うことにした。

銅子さんが、野崎先生をアパートに呼んだ。

痩せて小柄な、見たところ全くオーラを感じない普通の老女である。もしかしたらこういう無駄な気配を消した普通に見える人が、真に悟りを開いた人なのだろうか？　野崎先生は部屋に入って私を一目見て、いきなり合掌した。

「あなたこそ、まさに不動明王です、不動明王の化身です。あなたは、この銅子さんを護る使命を持っています。毎朝欠かさずに、東のお日様に向かって両手を合わせてください。それだけの行で、あなたも銅子さんも救われます」

仏教で、不動明王とは慈悲深く邪悪や煩悩にもがく人を救うために険しい形相で見守る神だ。大日如来の化身と言われている。確かに私は元々母に似て慈悲深い目をしているが、今の私は過労で目が落ち窪んでいて、不動明王のように険しい顔に見えたかもしれない。だから大日如来の象徴である朝の太陽に向かって祈れということだろうが、もとより言われなくても銅子さんを守ってゆくつもりでいる。祈る必要もないのだ。

その後雑談したが、宗教的、霊的な話はなく昔からの知り合いらしい話しぶりで、日常的な食べ物とか着物等の話に終始した。私が期待した話題がなくて物足りなかったが、お礼をして帰りにハイヤーを呼び見送った。野崎先生は体が小さいので、ハイヤーの後ろの背もたれの高さに手が届かなかったのだろう、傘を上下させて手を振る代わりにしているのが、私達の視界に入った。

もちろん、その後も私は朝の太陽に手を合わせることはしなかった。銅子さんもそれにこだわらず、すっかり忘れたのか、乞われることもなかった。

二月中旬の日曜日。銅子さんを刺激しないように注意しながら、

「今日は、建築現場の上棟で夕方までかかります」

と言って一人で中央線国分寺から西武線に乗り換えて、〈多摩湖〉に向かった。休日に出かけるのは疑われる。何かの理由を作らないと精神に障るので、初めて方便を使った。

毎日の、昼夜通しての仕事で体の芯から疲れ果てていた。どうしても、一人きりで息抜きをしたかったのだ。

多摩湖に着いて、堤防通路のほとりにたたずむ。水が満々と蓄えられた湖面は安らかで、疲れ果てた心身を元に取り戻す効果は大きい。この日は曇った心の中とは裏腹に雲一つなく晴れ渡り、厚化粧の富士山が遠くにくっきりと浮かんで見える。後ろの通路は観光の人達がゆっくり行き交っていた。さざ波に揺らぐ光を顔に映し、湖面をじっと眺めていた。

その時、「どうぞ」と誰か女性の声がした。

私の後ろから、サッと何かのリーフレットが脇に置かれた。

見ると、プロテスタントキリスト教会の案内である。ふと振り返ると、それらしき人は既に消えたように見当たらなかった。私の様子が何かしら悩んでいる風に見えたのだろう。これも何かの縁かもしれない。せっかく与えられた機会なので、キリスト教会が何をしているところなのか知りたくなり、案内図を頼りに教会に行ってみた。

大きなアーチ状の木製扉をノックすると、若い男性が扉を開けて応対に出た。温厚そうな顔の話しやすい雰囲気の人物に思えた。

「すみません、リーフレットを見てきました。信徒ではないのですが、よろしいでしょうか？」

「よくいらっしゃいました。どうぞ、こちらへ」

入口近くの部屋に通された。廊下の奥は礼拝室になっているらしく、ステンドグラス窓付きの扉で閉ざされて、明かりは消えていた。入口と近くの部屋だけが明るい。細長いテーブルに二十人ほどの若い男女が座り、それぞれに茶菓を前にして懇談していた。

「礼拝はないのですか？」

「終わりました。次の礼拝は六時半からです。午前の礼拝後の茶話会の最中です。どうぞ、お気軽に参加してください」

「会費はいくらですか？」

「会費はいりません、どなたでも大歓迎です。空いている席にお着き下さい」

私は教会が初めてなので、勝手がわからない。手探り状態のままに席に着くと、一斉にこちらに注目が集まった。間を置くと私の性格上不安が募る気がしたので、すぐにこちらから参加者に話しかけた。

「貴重な時間をお邪魔してすみません。最近、自分に生まれた心の隙間についてご相談したいのですが、話を聞いてもらえますか？」

「どうぞ、何でもお話しください」

人が好い、何でも受け入れる柔軟性のある人達に見える。一様に、明るい信仰をしている人特有の表情をしていた。

「松下と申します。実は、妻のことで相談します。妻は少し精神を病んでいます。妻はいつも寝る前に仕事で寝不足の私に馬乗りになって、眠くて朦朧とした私からその日の行動を聞き出します。女性のこととか少しでも心を刺激する言葉を聞いたりすると、逆上して爪で私の胸を引っ掻き、胸は傷だらけです。その後は傷に興奮して、決まってセックスを強いられます。抵抗すると錯乱するので、成すがままにしています。おかげで御覧のように目に隈ができ、いつもフワフワ体が宙に浮いているような感じを覚えるようになりました」

そう言って胸をはだけて見せた。皆びっくりして、絆創膏と紫色になり腐ったような傷跡と、目の周りの隈を交互に見つめた。

「それでも正常な状態では子供のように純真で、その時の彼女は愛おしく思います。最近は妻を病からいかに守るか、ということばかり考えています。もしお互いに協力し合い、補い合って共同生活を営む関係を夫婦と呼ぶのなら、私たちはちょっと違うように思います。私は神ではありません。俗人の悲しさ、妻としてではなく愛おしむ隣人と、ただ看護しながら暮らしているという空虚な気持ちしか持てなくなっています。

私は生活のために建築設計の仕事を毎日昼は会社、夜はアルバイトを寸暇を惜しんでやっています。複雑な気持ちを忙しい仕事で紛らしていますが、ちょっとした隙間にふとその空虚感が入り込みます。こんな私の気持ちを満たし、充実した気持ちに導いてくれる良い教えの言葉はないでしょうか？」

暫く沈黙が続き、参加者の中では年配の一人が声を発した。

「……私達は、誰もあなたのような体験をしたことがないので何も言えませんが、一つ言えることは、あなたこそ信仰が必要な人ではないかと思いました。牧師がいれば聖書からあなたの心を、救いに導く神の言葉を伝えられたでしょうが、今は不在です。私達では力不足です。できれば今度、牧師のいる時にご参加いただきたいです。珍しい貴重なお話を聞かせていただいてありがとうございました」

もとより、期待はしていなかったが、皆興味津々、話を聞くだけでまともな意見を述べてくれる人はいない。悩みの解消には至らないが、話を聞いてもらっただけで私の気持ちはすっきり晴れた。

七

まもなく、私は肺炎になった。

三十九度の熱が十日間続き、息苦しい胸の痛みについにダウンしてしまった。過労により体力が落ちて、免疫力が低下したのが原因らしかった。建築の仕事には期限が付き物だ。私には仕事が一時途絶えることが一番痛手である。焦ったが、高熱には勝てない。これを機に体を休めて体力を回復させ、早く治して後れを挽回するしかない。

どうやら峠を越して、少し楽になってきた頃に父から電話があった。両親には知られたくなかったが、私が病と闘っている間に、銅子さんが出し抜いた形で実家に連絡したらしい。また親に心配をかけてしまった。私の病状は自分が一番よくわかっている。自分の力で治す自信があったのに……私たちは親に関係ないところで一緒になったはずだ。自分たちが困った時だけ親に頼ることは、人道に反する。ましてや何の相談もなく、自分の都合が悪くなって面倒にならないうちにと、勝手に連絡したのだ。病気を心配してのこともあるだろうが、勝手は許されない。私は怒りを覚えた。

父は電話で、

「土地を探して、自分の家を設計しなさい」

と言った。

両親に心配をかけ尽くす私には、援助を受ける資格がない。それにもかかわらず異端の私を心配する親の愛情は、図り知れないほど大きい。私はつくづく有り難さを実感し、心の底から感謝した。

相模原市の〈相模女子大〉の入口付近に、東南の角地が見つかった。

《相模大野駅》から七分とさほど遠くなく、地価も手頃である。学校のそばを選んだのは、もし子供ができた場合の教育に大切な環境を『孟母三遷』の教えにならって選んだのである。

子供といえば、今まで子供ができる兆候がない。銅子さんの心の病気が遺伝によるものでなければ、安心して子供が産めるはずだ。あの岡本かの子の子供が、芸術家・岡本太郎だという実例もあるではないか。〝子はかすがい〟だ。二人の関係は、子供で繋ぎとめられるだろう。銅子さんに、

「そろそろ、子供が欲しいですね」

と言うと、

「子供は、もう宿っています。五ヵ月目です。あと五ヵ月待ってくださいね」

ちょっと慌てた様子で答えが返ってきた。五ヵ月と言えば、ちょうど建物が完成する頃だ。子供みたいな銅子さんに子が似合うかどうか想像もできないが、お手伝いさんでも雇えばいい。一般世間にならって、子供を交えた新しい平和な生活が開けるに違いない。


住まいは一階がゆったりした玄関とＬＤＫと六帖和室で、開放すればバリアフリーの一室になる柔軟性のあるプランで、他に大き目の納戸兼多目的室とキッチン・洗面浴室・洋式トイレ等の水回りとした。二階は二十五帖の洋間と、防音簡易間仕切りで仕切られたウォークインクローゼット付き寝室。洗面所・和式トイレで、南面全体に奥行の広いバルコニーを設けた。東西両側をバルコニーの庇を覆うようにした結果、二階が逆三角形の、重力に抗う形になった。

この二階プランの第一の意図は、まずは銅子さんが学生等を対象にした書道教室を開いて書道界

復帰の足がかりにしてもらうことだ。諸活動を停止して怠惰に流れている現状から脱皮して、必ずや内心から湧き上がるだろう〝活動することへの喜び〟を噛みしめながら、天賦の才能を発揮し続けてもらう。

それによって、徐々に心の病を癒していきたい――という切なる願いを込めて計画したものである。もちろん、可動家具で仕切って私の設計の仕事場を確保し、さらに必要に応じて自由に広さを調整できる多目的空間とする。将来は子供室等、いくつかに分割できる変化する空間とした。

外装仕上げは、逆三角形の外壁両妻部分に自然木の板を斜め貼りし、他は珪藻土塗とした。開口部は断熱サッシを使う。内装仕上げは壁天井とも土佐の風合いのある和紙張りとしたり、二階両妻の斜め内壁はわら縄を三角に巻き巡らせたり、自然の柔らかい建材を随所に使用した。窓は全て「緑のカーテン類」を取り付け、全体的に銅子さんの神経に障らない、優しい素材と色を使った。

家の工事は、私が小さい頃から実家に出入りしている朝日工務店が担当した。実家の出入り職人は昔から同じ業者で、ほとんど変わることがない。父は買物するにも、私が二重価格を知っているので値切ろうとすると、

「みみっちいことをするな。正当な値段で表示してある、定価で買えばいいのだ」

といったように、一度決まっている値段とか、出入り職人をよほどのことがない限り変えたりしない頑固者である。

三月中旬、地鎮祭は私達二人と神職でこぢんまりと行った。

翌四月の上棟式には、父母も出席して職人をねぎらった。経験豊かな工務店の社長は神職代わりに略式の祝詞をあげ、のど自慢の職方からも木やりなどの歌が出て式に華を添えてもらえた。

七月末、新しい家が出来上がり、レンタカーを借りて引っ越しをした。

荷物運びは銅子さんの妹二人と、下の妹の彼氏の三人が、用件以外はほとんど口を開かずに黙々と手伝った。

本来なら、新築は祝い事だ。明るく振る舞うのが常識だが、だんまりを決め込んでいる。ただ慰労とお祝いを兼ねて皆で居間のテーブルを囲み、弁当とお茶で食事をした時の会話の中で何とか聞き出せたのは「姉は既婚で、妹は無職、妹の男友達は〈東都海産大学〉の学生」だということだった。

日を改めて、松下家の全員と姉夫婦、工務店関係の責任者を呼んで新築披露をした。兄が祝いの歌を唄ってくれたが、突拍子なく音が外れていたので皆ひっくり返り、せっかくのテーブル上のご馳走が散乱してしまった。


これからは、静かな住宅街での生活になる。

今までの東京の喧騒に慣れた銅子さんが閑静な住宅街への環境変化に耐えられるか心配だったが、その心配は無用であった。犬は引っ越しをするとストレスを起こすと聞く。だが、銅子さんは犬ではない。ケロッとして、新しい環境にすぐに馴染んだ。今までと違う空間の広さが心休まるのか、生き生きと自由に室内を動き回る。私の懸念は払拭された。そして相変わらず毎日求められるが、暴力はほとんどなくなった。

私が病気をしている間、木所事務所を二週間休んだ。その頃は会社での仕事内容は、企画・設計、図面の一切の責任を私一人に任されていたので、二週間もそれが滞り、会社に大変な迷惑をかけた。相模原に引っ越して事務所が遠くなった上、仕事の遅延を挽回するために残業が常態化して帰宅が遅くなりがちになった。

この状態は、入所した時に約束した条件と変わってしまったことであり、何より静かな住宅街で一人残される銅子さんの精神状態が心配である。私が任された仕事をまとめ上げて、次の仕事が入らないタイミングで仕事内容を木所先生にわかるように説明し、辞表を出した。撤回を懇願されたが、その月の給料も固辞してやめさせてもらった。

唐津君は現場に出張していて不在であったが、会社の他の人達に「お世話になりました」と挨拶して会社を出た。近くの橋に差しかかったところで、

「松下さーん、待ってー」

と言いながら、事務員の相沢さんが追いかけてきた。何か忘れ物をしたかなと思い、振り向いて立ち止まる。追いついた相沢さんが息を切らせて、相対して止まった。

「松下さんが急にやめたので、今まで言えなかったことを言います。松下さんが好きです。付き

合ってください」

虚を衝かれた。若い人のあまりにもストレートな告白だ。

相沢さんは容姿も現代風の、ごく普通のお嬢さんだ。こんな大胆な行動に出る人には見えなかった。確かに事務所が狭いので相沢さんのすぐ目の前で設計図面を描いていたが、私は無口で仕事以外の余計な会話はなかった。昼も彼女は弁当で、私は近所の食堂に出かける。唐津君は、ほとんど現場。橋本君も所長の運転手と現場の資材運搬で、あとはどこか別の連絡の取れる場所で時間をつぶしている様子だった。経理は所長の奥さんが担当していた。

改めて顧みると、相沢さんは私のプライバシーを知る由もなかったのだろう。もう会えないと切羽詰まってのことと思うが、女性から告白するのはよほど勇気がいることだ。生半可な返事は混迷の元となる。

「ありがとう。ですが、僕には妻がいます。唐津君に聞いていなかったですか？　僕も前からあなたに魅かれていましたが、どうにもなりません。あなたなら若いし、これからいくらでも素晴らしい男性と縁ができるはずです。どうか他の人と幸せになってください。陰ながらそれを祈っています。今まであなたの傍で一緒に仕事ができて、本当に幸せでした。では、ここでお別れします。さようなら」

相沢さんの、まだ童顔が残る目から涙が溢れ出た。そして、橋の欄干にもたれてうつむいたまま動かない。私はまだ若い彼女の青春が限りないことを願いながら、一礼して駅に向かった。

八

木所事務所をやめた翌日から、父の許しを得て蝶ネクタイとチョビ髭姿で県北部の知り合いの個人の家とか農協、不動産業者等の各方面へ営業に回った。営業は川嶋社長の直伝で心得がある。だが、父はチョビ髭に対して、

「親父も生やしていないのに」

と批判的だった。

しかし、この身ごしらえは銅子さんのコーディネートなので変えることはできない。多少その地域に不釣り合いなスタイルでも、自信をもって堂々と行動すれば周りに溶け込み、違和感はなくなり、立派なファッションになる。親の七光りもあり、どこに行っても快く歓迎してくれた。

間もなく、〈神奈川県北部農協〉の支店の設計を依頼された。県北部農協組合長の臼井銀次さんは父の親しい友人で、県北部地域のボス的存在である。

「お父さんとは農協組合長会で一番親しい関係にある。本店は川嶋建築設計事務所にやってもらったが、支店は川嶋事務所にいたあなたにお願いしたい」

ボスの裁量で難なく決まった。

仕事は、川嶋建築設計事務所のプロ達に全面的に手伝ってもらうことになった。確認申請に必要な一級建築士の資格は、河上先生のチェックを得ることで事務所名を使わせてもらう。相変わらず河上先生との仕事上の、良好な相互扶助の関係も続いた。

この世に何もないところから唯一無二の新しい建築作品を創造することは、この上ない喜びであり、生き甲斐だ。生みの苦しみもある。より良いものを作るのに限界はない。寝ていても良い案が浮かぶと、すぐに起きてスケッチする。銅子さんは、今のところ精神も落ち着いているようだ。しかし、私の心が勤めていた頃よりも仕事だけに向くようになり、彼女に関心が向かなくなったことが不満なのか、

「あなたは、女心を全くわかっていない。どこかで女心を勉強してきて」

と言った。私は元々心遣いが足りない。世間知らずで、女性は銅子さんしか知らない。女心など知る由もない。まず、女心を知るにはどうしたらよいかを考えた。女性が大勢いる場所がよいだろう。

ある夕方。相模原駅前の『キャバレーボーイ募集』の看板を見て、

(ここなら、内側から女心が見られるのではないか?)

と思い、そこに決めた。開店前の静けさが漂う事務所に入り、面接専用の机に座って店長と面会した。店長はまだ若く、三十代前半ぐらいに見えた。

「ボーイをやりたいです」

「あんた、歳はいくつ？」

「二十六です」

「エッ、どう見ても三十代半ばくらいに見える」

店長は私の年齢と見た目の差に驚いた上で、続けた。

「……苦労してるね。時間二百円でよかったら、やってみて」

「はい、ありがとうございます」

「あっ、ちょっと待って」

事務所を出ようとして、店長に呼び止められた。

「あなたに、この世界で出世するコツを教えます。まずは、店で一番売れっ子の女の子と仲良くなること。その子が金持ちの客を紹介してくれます。その客に目を付けられれば、金、車、欲しいものを与えてもらえる。一番早い出世コースです。頑張ってください」

年を取っていると思われたのか、敬語を使われた。


ボーイには、赤いチョッキが与えられた。開店前に、楽屋で女子と同室で着替えをした。男の私がいても、皆平気でドレスに着替えている。館内は広く、ボーイも八人と多い。主役のホステス達が待機場所に集合した。

いよいよ、オープンだ。

館内に音楽が流れ、暗い中にも色彩に富んだ照明が走り、続々と常連らしき客が入ってきた。

「いらっしゃいませ、いらっしゃいませ」

賑やかな場内アナウンスが始まった。店側の立場から見ると、客の魅力は姿形ではなかった。不格好でも、自信たっぷりの堂々とした客が大いに立派で魅力的に見える。逆に、容姿端麗であっても「安くしてくれ」などと自信なげな客は、いかにも無粋でみすぼらしく見える。

ここは、金がものを言う世界だ。

ボーイの仕事はいつも館内に気を配って、合図があるとその席に行き、床に膝をついて注文を聞く。そして少々コツがいるが、盆に飲み物とかおつまみ等、右肩付近で上向きに載せて指定された席に運ぶ。

時間が経過して待機場所にいると、美人ホステスから、

「お客さんが呼んでいるから、一緒に来て」

と言われた。ホステスについて客のテーブルに行き、側に膝をつく。

「お客様、ご用は？」

「おお、父ちゃん来たか。新入りかい？　お前も大変だな。歳はいくつだ？　チップやるから頑張れよ」

客が膨らんだ財布を開けると、ビッシリと中の札束が見えた。チラッと私を見て、一万円だけを抜き出して手渡した。

「ありがとうございます」

私は両手で捧げ持って受け取り、胸ポケットに入れた。

その後も、遠くからでも私を見ると、

「おー、父ちゃん」

と呼んできた。よほど気にいったのか？　もしかして店長が教えてくれた筋書きが早くも出来て、ホステスの好意で「新入りよ」と気を引かせてくれたのか？

時が経過し、ホステスもドリンクが進んで酔いが回る頃になると、ある席では酔ったホステスが「この浮気者」と客の頬を叩いたり、楽屋ではホステス同士が自分の客を取ったの取られたのとバトルを繰り広げたり……何かと乱れてきたところで閉店時間となった。

私は赤いチョッキを返すのを忘れ、下に着たまま帰宅して店の様子を銅子さんに話した。

「キャバレーのボーイを体験してきました。キャバレーで、従業員側から見ると魅力のある立派なお客は全て金持ちです。ホステスも、客をお金としか見ていないようでした。いくら外見のいい男性でもお金がない人には、ホステスは目もくれなかったです。また浮気をした客を、人目もはばからず非難するホステスもいました。たとえ商売でも、女性はいつも自分だけに目を向けて欲しいようですね」

女心は、内面の問題である。たった一晩で外面だけ見て女心がわかるわけがない。ただ、当たり前のことだが、商売の女性は財力のある男性に魅かれ、一人だけを愛して浮気しない男性に魅かれることだけは確かだ。私の話に銅子さんは嫉妬もなく、ただ頷いて面白そうに聞いていた。パニック発作が起こらなかったことに、私はほっとした。

翌日、私は出店しなかった。

チョッキは昼頃、きちんと畳んでビニール袋に入れて、店の事務所の入口付近の空箱の上にそっと置かせてもらった。


九月下旬の、日曜日の夕方。

銅子さんの下の妹と、引っ越しの時に手伝ってくれた彼女の友人の東都海産大学生が来訪した。二人共風来坊らしく、私の見ていないところで銅子さんに小遣いをねだったらしい。銅子さんに言われて、私が二人に渡した。

その一週間後の昼間、私の留守中に今度は上の妹が来た。銅子さんを通じて、

「私の義母に会ってください」

と言うので、別の日に新宿の喫茶店で二人と会った。上の妹は生後四ヵ月くらいの女の赤ちゃんを抱いていた。私を指して、

「おじいちゃんよ」

と冗談めかして言った。

確かに私は二十六歳にしては老けて見えたが、まだおじいちゃんには早すぎるだろう。真面目な

顔をして、冗談がきつい。義母は小島電気という電気工事会社を経営していて、亡き義父の会社を継いでから会社をさらに大きくしたという。額にしわを深く刻んだ、苦労しつくしたような顔付きをしている。

「私は、女手一つで一人息子を育ててきました。毎日三時間睡眠で頑張って働き、今の小島電気に成長させました」

鋭い精悍な目で、私を見ながら自慢げに話す。上の妹は恋愛結婚だろうが、すごい姑のもとに嫁いだものだ。よくやっているなと思った。

立て続けに、銅子さんに乞われて、今度は銅子さんの姉達に会うことになった。

二人で、小金井の長姉の家を訪ねた。長姉の家の六帖和室の居間で、姉たち三人が座テーブルの向こう側に並んで座り、興味深そうな顔で待っていた。小柄な妹達二人と違い、姉たちは大柄で太目な大陸風の容姿なので、部屋が小さく見えた。もしかすると、妹達とは異母姉妹なのかもしれない。姉の一人が遠慮なく言葉を発した。

「加藤剛に似てるわね」

「横顔が似てる」

「そうね」

私がいても構わずに、次々と外見批評が続く。そういえば銅子さんも初めて会った私の父を「役者みたい」と言って外見にこだわっていた。育った環境の一端が見えた気がした。

しばらくは気が付かなかったが、部屋の隅に小柄な父親もいた。遠慮ない口調で喋る女系家族に圧倒されて影が薄く、ほとんど口を挟まない。どう見ても昔、海運の実業家であったという面影はない。その父親の普段の何気ない所作が私と似ているという。

「その可愛いしぐさが好きなのよ」

姉達もそうだが、銅子さんは外見とかしぐさに対する好き嫌いにことさらにこだわる。そのこだわりは、私の生活習慣には馴染めないものだ。

これで、新居に移ってから銅子さんのたっての要望で、肝心な「戸籍上のご主人」を除いてひと通りの身内に会った。

彼女の隠されて、見えていなかった闇の部分を知ることとなった。私自身の思いが矛盾するところは、見えない闇の部分が剥がされてみると彼女の神秘性が薄れて、かえって物足りなくなったことだ。

九

その後、徐々に銅子さんは体の動きが鈍くなり、怠慢になっていった。

確かに人間の本性は、環境が平穏になると怠惰へ傾く。しかし、普通の健康な人なら少し休めば再び魂が奮い起こされてリズムのある生活に戻る。銅子さんは精神を病んでいるので、普通とは違うのだ。

私の日常は、仕事に明け暮れている。これまでは私のいない時の彼女は好きなミステリー小説等を読んだりして暇な時間を埋めて、私にその内容を語ったりしていた。しかし、今はそれもなくなった。何をする意欲も見えず、怠惰への傾向は次第に進んでいった。

「私は、食べるために生きているのよ」

これが、口癖だった。確かに、彼女の作る料理は美味しかった。

掃除洗濯は必要に迫られた時しかやらないのか、ほとんど目にしたことがない。問題は、風呂が嫌いなことである。いつも枕元に赤ちゃん用のパウダーが置いてあるのが不思議であったが、よく見ると毎日のように求められる時に、それとない仕草で下半身に赤ちゃん用のパウダーを手早く叩いて、異臭を消していたのだ。前後がさらに太ったので、誇張して言えば〝その時〟はまるで小山の頂上へ登る気分である。

銅子さんは家の近くで、歩いて五分くらいの住宅街を抜けた街道沿いに小さな小料理屋を見つけた。「食べるために生きている」だけあって、この方面には鼻が利く。

ある日のことだ。

「よい店が見つかったので、一緒に行きませんか?」

と、誘われた。店が近いので、仕事から帰った夕方に同行した。

銅子さんは太って腹が邪魔なので、やや上を向いて歩く。私はその後ろを、ややうつむき加減で仕事のことを考えながら歩く。はたから見ると、まるで女主人に付き添う家来のように見えるだろう。

その店は、あまり奇麗でなかった。以前通った、目白の中華料理店『幸楽』にも引けを取る。正面のガラス面に色々なメニューが貼ってあった。

店内は入ってすぐ正面がカウンターで椅子が五個、ガラス引戸に沿って並んでいた。座る椅子の部分のガラス戸を引くと、やっと動けるスペースができて座る動作が可能になる。そのあと、引き戸を戻すといった狭さであった。カウンター内も二層シンクと調理台・ガステーブルと後ろの小棚の間に店主一人が動ける程度の奥行である。

店主は五十絡みの、いかにも頑固そうな〝オヤジさん〟というイメージであった。店の名も『が

んこ』だ。銅子さんは、

「うちの主人です」

私を紹介した。店主はチラッと私を見て「どうも」と気軽に挨拶した。実際に話してみると話題も豊富で、見た目より気さくで話し好きなオヤジさんである。

この店なら、銅子さんと相性が良さそうだ。私が留守でいない時でも、いい発散所になるかなと思った。和の季節料理は、一品毎にそれぞれ頑固にこだわった自慢の創作料理で美味しい。思った通りで、それ以後は『がんこ』に出かけることが多くなった。

しかし、その店も商売なのでいつまでも入り浸ることはできない。淡い期待も焼け石に水……発散には程遠く、『がんこ』通いも尻すぼみになり、怠惰は改善されなかった。

十月下旬、農協の現場から帰宅すると、

「お帰りなさい……」

銅子さんの声がうわずっていた。

着替えのため二階の部屋に入った途端、私の前に回り込み、パッと着物を脱いだ。下に何もつけていない。全裸を見て思わず目を覆った。私の態度に怒り、思い切り体当たりをしてきた。目を覆っていたので不意を突かれた私は、体当たりの衝撃で後ろのテレビ台の角に後頭部を強打し、失神してしまった。

……気づくと、私の下の着衣は脱がされ彼女が馬乗りになっていた。その目線は定まっていない。

「何を、してるんですか？」

私は、優しく強めに怒った。

すると裸のまま脱兎のごとくバルコニーに飛び出し、二階から飛び降りようとした。私は慌てて引き戻して謝った。こうなると、もう謝らないと収拾がつかないことはよくわかっている。暫く間をおいてようやく収まった。

それから、一週間後の夜中だった。ふと目を覚ますと、二階の部屋の半分くらいの床に蝋燭が立っていた。一面ゆらゆらと灯が怪しく灯り、不気味な美しさであった。

「どうしたのですか？」

「今、ご先祖様が遊びに来るので、おもてなしの準備をしています」

朦朧としているのか、目をこちらに向けないで下を向いたまま話す。下向きのままなので髪の毛が顔を覆い、その不気味さで背筋が凍った。二十分くらいしてようやく目が覚めたようになり、いつもの銅子さんに戻ったが、この幻覚は初めてであった。

(激昂させるような言動は、極力控えているのに……)

最近は、立て続けに精神に触れた症状が見られる。

一体、何が原因なのだろうか？

今の私は農協の現場で帰宅が夜遅めになり、帰るとすぐ河上先生の仕事をする。隙間の時間には、一級試験の勉強にあてる。仕事関係で頭がいっぱいで、銅子さんへ向ける心遣いも留守になりがちだ。以前、「女心が全くわからない」と非難されたが、構ってくれない欲求不満と、暇を持て余して怠惰に傾く一方による精神的情緒不安等が重なったのか？

私には、わからない……。

このような生活ぶりが銅子さんの精神に触れる何かしらがあるとしたら、今の関係を思い切って改めなければならない。

十

思うに、銅子さんが、

「子供を宿しました、あと五ヵ月待って」

と言ってから、とうに五ヵ月を過ぎている。そろそろ子供が出来ただろうか。一見すると腹が出ているので、妊娠しているようにも見える。私は聞いた。

「あれから八ヵ月が過ぎましたけど、子供は出来ましたか？」

「あの時は間違いでした。今度は本当に出来たので、あと十ヵ月待って」

見え透いた虚言である。いつも言われたことをそのまま信じてしまう私が馬鹿なのだが、どうやら子供が出来ない体に思える。本当の子供はもう諦めた。

一般の世間でいう夫婦として生活するには、俗人の私では限界に至っている。彼女も私を夫と思うから、構ってくれないと不満が募る。二人の気持ちがこのまま続けば、正常と異常の境界線をさまよう彼女は、異常に傾く一方である。

今の二人の行き詰まり状態を打開するためには、この際いっそのこと実際に私が銅子さんの保護者になったらどうだろう。

私は言った。

「これからは、あなたを妻ではなく子供にします」

「エッ、なぜ？」

「あなたは子供が出来たと言いましたが、実際は出来ていない」

「あれは間違いで今度は出来たから、あと十ヵ月待って、と言ったじゃないですか」

「もう嘘はいいです。あなたと一緒に生活を続けるには、僕の子供になってもらうしかやりようがなくなりました。僕は、子供のように純粋な時のあなたが好きです。子供なら、何をしても許せるし、あなたも気持ちの制約がなくなり、思いのまま自由に動けます。僕も仕事に集中できるし、何よりも精神的に救われます」

銅子さんは私の強い決意を感じ取ったようで、何かを考えていた。数時間後、明るい表情になり、

「それでは、私の名はチエ子がいいわ」

と言った。高村光太郎の『智恵子抄』の精神を病む智恵子に重ねての自己命名であった。

「私、本当は銅子という名が嫌いだったの。チエ子は大好きな名前です」

実は、銅子という名前は、父親が女系姉妹のうちから海運事業を将来銅子さんに継がせようとして、また商売繁盛を願って一度は『金子』と名付けたが、女性にはあまりにも露骨なので二つ控えて『銅子』にした——というエピソードを以前に聞いていた。

急であったが、銅子さんも変わり身が早い。二人の生活を続けて行くためには最善の新しい関係であることを察してすぐに同調した。

私は早速、両親以外の知人に手紙を出した。

『この度、私に子供が出来ました。チエ子と名付けました。入れ替わって妻はいなくなりました。どうぞ今後とも、変わらぬご指導とご交誼を賜わりますよう、よろしくお願い申し上げます。』

ごく短い、簡単な手紙文である。

二人の関係を「夫婦」から「父娘」という関係にして、肩に伸しかかっていた荷がやや取り払われた。

私には、今後も彼女を守っていける望みの光が差し込んだのだ。

チエ子さんは、私の前ではさらに子供のように振る舞うようになり、無断で外泊したりして自由になった。

ある時は、三日間帰らなかった。少し心配したが、おかげでその間は仕事に集中できて目に見えてはかどった。これが続いてくれれば、とても都合がよい。三日目に帰ってきたチエ子さんの頭を撫でながら、

「よく帰って来たね。どこに行っていたんですか？」

と尋ねると、彼女は私が仕事をしている側に座って子供のような上目遣いで、

「終夜喫茶をはしごして、若い男の客を占ったりしていました」

と答える。

「それはいい発散ができたね、ご苦労さん」

半分は本当だろう。今や天衣無縫になったチエ子さんが、どこで何をしていても無事で帰って来てくれればそれでよい。

ある日チエ子さんは私に、

「あなたは、私と別れると死にます。絶対に別れられない運命にあります」

と言い、さらに、

「あなたの肩の周りに、沢山の小人が見えます。小人達があなたの仕事を手伝っています。それが、

あなたの才能です」

と付け加えた。これが私についての、初めての占いだった。他人のことはよく見えるが、彼女自身と私に関係する霊感は、私情が絡んで、的外れになってしまうようだ。彼女が先に言った「別れると死ぬ」という言葉は、単なる自己防衛本能から出たものだろう。私は、信じない。

父娘の関係になって、チエ子さんの精神の状態は目に見えて改善した。精神を阻害するものが減少したのは、医師でない私でもわかる。

だが、家の設計で二階のトイレを和式にしたことは失敗であった。

チエ子さんがあまりに太ったので、用を足すときにはみ出してしまって本人が気が付かないのだ。さすがに自分で処理してもらうのだが、なるべく一階のトイレを使うように促すしかない。これは行動が大ざっぱというだけで、精神障害とは関係ないと思う。

ユニークな神奈川県北部農協の支店が完成した。しかし独立してみて私は、建築の発想とか空間計画には自信があったが、細部にわたって人の感性に訴えることができる居心地のいい空間を生み出す技術力が、まだまだ未熟であることがわかった。伝統工法技術を継承する大工で三年、宮大工で十年の修業を要するという。技術の専門範囲が違うので比較にはならないが、私はもっと現場を体験し、自分の肌身に感じて、感動を呼ぶ本物の空間演出を会得できるようになりたかった。そのために今度は、一流の設計事務所で修業したいと思っていた。

そんな時、運よく仕事でご縁をいただいていた藤和建設常務の片平さんの紹介で、丸の内東ビル内の〈株式会社東山設計事務所〉の意匠部に中途採用されることになった。片平さんは元大手ゼネコンに所属した大物で、花鳥風月にも通じる粋人である。音楽を通じて東山設計事務所の総務部長の林さんと親交があった。その御縁で面接も丁重に扱われ、スムーズに採用の運びとなった。

これを機に、大変お世話になった河上先生との設計協力関係を、感謝をもって解消した。河上先生ご自身も喜寿を過ぎて、年齢を理由に事務所を閉鎖することになった。

東山事務所は約百名の所員がいる老舗で、庁舎等硬いイメージの設計が多い堅実な事務所である。意匠部門の中でいくつかに班が分かれ、物件ごとに同一班で担当する。私は、四十絡みの中臣さんが班長の二班に配属された。総責任者は五十代半ばの野島さんで、二人共、知識が豊富で頼りがいのある上司だ。

十二月に入社したが、即戦力として最初から〈埼玉県南部中学校〉体育館の設計を担当させてもらった。ベテランの構造担当・小森さんの協力を得て、建物全体を「斜め柱のトラス構造」にしてそのままを形に表し、スポーツの心を有機的に表現した。私が図面を作成しているところへ、蝶ネクタイをしたダンディな東山所長が見廻って来た。しばらく私の図面を見ていて、

「うちは、サーカスみたいな設計はしないんですけど」

と、にこやかな顔で遠慮がちに言った。所長はフランス留学経験のある、礼儀正しい教養の高い

紳士である。私のデザインへの否定ではなく、先代からの東山事務所の作風を語ったに過ぎない。私は空間形態についての持論に基づき、自分の方法論から必然に生み出されるデザインを主張させていただいて、所長も黙認してくれた。

東山事務所の工事現場の監理は工務部の範疇であるが、部長の内藤さん一人しかいなくて、各現場ごとに意匠部から担当が回される仕組みになっていた。

翌年になり、私は常駐で三階建の〈埼玉東県民総合庁舎〉の現場に派遣されることになった。設計は別班の安原さんで、敷地が広大なために東山事務所の作品らしく硬いながら伸び伸びとした設計になっている。この庁舎は県が県民・市民のために地域行政と防災の重要拠点と位置付け、三年前から綿密に企画されたものであった。

問題は、単身赴任だ。

一人残すチエ子さんが心配だが、今や私の子供となって自由を謳歌しており、現状では精神も安定している。

頼りになる妹達、先日面会した姉達もいる。池袋に知人もいるようだ。自宅から歩いて駅は近く、新宿まで一直線で、知人に会おうと思えばいつでも会える。ストレスとなる要素は見当たらない。何とかなるはずである。書道教室もまだ募集しなくてよかったと思った。全ては、帰任してから始めればよいことだ。

十一

東山事務所の総務部が現場近くの木造アパートの一階ワンルームを下宿先に用意してくれて、二月から現場に入った。

施工業者は埼北建設株式会社に決まっていた。現場所長は遠藤さんという初老の人で、その部下に若い現場監督員が四人いた。

私には空調と、事務用品一式、コーヒーサーバー、専用ヘルメット等が完備した現場監理者用詰所が用意されていた。しかし私は、ほとんど現場員がいる事務所の方にいた。

現場所長は経験豊かな人で先手々々と段取りが巧みで行き届いたが、最初の杭打ちでは地中の中間に固い地盤があり難航した。現場敷地が広いため、近隣への工事公害の心配はほとんどなかった。ただ、一番近い場所に保健所がある。私は音や振動等の影響が及んだことが気になったので、保健所に伺い所長に会った。

「杭打ちで、ご迷惑をおかけしました。振動で建物に損傷等ないか調査させていただいておりますが、お詫びのご挨拶に参りました」

「わざわざご苦労様です。挨拶に来ていただいただけで、あなたの誠意は十分伝わりました。まあ、お茶でも」

気さくな人である。私は壁に掛けてある牡丹の絵を見て、

「よい絵ですね」

「松尾敏夫の絵です。松尾さんの絵は優しさがあって好きです。絵に興味がありますか？」

「ちょっと油絵をかじっていました」

「どこか、芸術家の雰囲気がありますね」

「書も嗜んでいます」

つい、口がすべった。

「書の先生ですか。私は『誠心』という言葉が大好きです。書いていただけますか？」

「目の高い所長さんに書いて差し上げるなんて、おこがましくて出来ません」

「いや、お見受けしたところ、あなたこそ〝まごころ〟そのものと感じました。ぜひ、あなたに書いてもらいたいです」

口は災いのもとで、大変なことになってしまった。

「わかりました。少し時間がかかりますが」

「結構です、先生。いつまでも待ちます」

私は現場でも先生と言われているが、それは立場上の上辺だけの言葉であって、保健所長の言葉は本当のプロに対する「先生」である。私は言葉の重さ、大切さを噛みしめて現場に戻った。

早速、その日の夜から書道用具一式を用意した。チエ子さんの書の練習振りを身近に見ていたのでそれに倣い、毎夜まず準備運動として両手首を回す柔軟体操をして、たった二字であるが『誠心』の一点一画を何枚もひたすら書き始めた。

それ以後の現場は順調に進んだ。職方の中には鉄筋工などに刺青をしている者もいたが、そういう職人こそ命がけで仕上がりの美しい見事な仕事をする。庁舎建築のエントランスホールが吹抜けになっている以外の空間構成は、硬くて新しい発見はない。私は建物の庇の出具合とか、アプローチの空間の変化等、設計者である安原さんの意図を損なわない範囲で、より良い空間の演出のために軽微な変更をさせていただいた。材料検査や工場検査等は念入りに励行し、品質の高い建物の完成を目指した。

現場事務所では、所長と色々な話をした。現場業務の打ち合わせが終わると雑談に入る。仕事以外の所長の話には、必ず「女」が出てきた。話から判断するに、所長は女なくしてはいられない特異体質のようである。女に関すること、扱い方等は、誰にも負けない自負があるようだ。初老の所長は、若い私に自分の女一筋の人生を語った。常に〝女性の秘密の写真〟をポケットに入れて大切にしていたが、私はこの写真に関しては、気持ちが悪いとしか思えなかった。

工事も中間を過ぎた、八月の暑い日。

いつものように現場事務所で県に提出する監理報告書をまとめ終わり、昼食のため近くの市役所に出かけようとした時だった。トランシットを覗いていた若い現場員が叫んだ。

「荒川土手に、変な女がウロウロしてるぞ」

「どれ、見せろ」

私も覗いた。太って目立ちすぎる着物の女性が、上を向いて土手の道を行ったり来たりウロウロしていた。間違いなく、チエ子さんである。

(まさか！)

私は、汗が吹き出た。とっさに、

「あれは、変な女ではないと思うよ」

そう口にしていた。

チエ子さんが、なぜここまで来たのか？　ここまでするのか？　その意図がわからない……どうやってここを探し当てたのか？　頼りの妹達はどうしたのか？

チエ子さんと〝父子関係〟にしたのは、最後の砦だった。

抑圧されるものは、何もないはず。自由に知人達にも会える。精神の障害となるものは一通り取り除かれているはずだ。

よほどのことがあって、私に会う必要が生じたのか？　おとなしく私の帰任を待つ可愛いチエ子さんであってほしかった。

この仕事場は、組織で動いている。いくらチエ子さんでも、過去に書道会に所属していて、組織内の仕事の厳しさは知っているはずだ。特別危険な現場に、たった一人の人間の勝手な都合によって乗り込まれたら、現場の秩序は壊れて大変なことになる。現場を束ねる所長に言い訳が立たない。それだけは、絶対許せない。

（早く、家に帰ってくれ）

と、心で祈った。私は現場員に、

「食事に行ってくるけど、もしあの人が現場に入ったら危ないから、注意して見守ってくれ。入ってしまったら、必ず僕に連絡してくれ。すぐ戻るから」

と言い残し、複雑な気持ちのまま、いつものように近くの市役所の食堂へ向かった。私は現場が始まった頃から、毎日作業服のまま市役所の食堂で昼食をとることを習慣にしている。

そそくさと食事を済ませ、急ぎ現場事務所に帰った。現場員にその後のことを聞くと、

「何も変わった様子はなく、しばらくして消えました」

との返事に、ひとまず安堵した。しかし、もし私に会いたくてここまで来たとしたら、あのチエ子さんなら、なりふり構わず私の前に姿を現わすはずだ。

なぜ会いもせず、何もなく消えたのか？

安堵した半面、消えたチエ子さんに不可解な見えない何かを感じた。

完成を前にした十月。初めて受験の申し込みをしてからちょうど二年半で、一級建築士試験の合

格通知を受け取った。

十月下旬の土曜日に現場近くの料理店で、施主である県の職員を除いた現場関係責任者全員で、お互いの労をねぎらい、完成までの工程の再確認をしあう「合同打ち上げ会」が催された。私と現場所長を中心に現場監督、各職の代表者が膳を前にずらりとコの字に並んだ。ただ、私の下座隣りの席が空いているのが少々気になった。

幹事が手を叩くと、隣室に控えていた着物のコンパニオンが一斉に席入りする。最後にいそいそと入ってきた太目のコンパニオンを見て驚いた。見たことがあると思ったら、チエ子さんであった。まさに狐につままれたわけだが、急速に気持ちが冷え込んだ。

これは、明らかに現場所長と申し合わせたとしか考えられない。

以前、荒川の土手でうろついたあと何事も起こらなかったのも、その時には私の知らないところで所長と繋がり、連絡し合ったのだろう。二人だけのはかりごとで、今夜の話が出来上がっていたに違いない。現場監督員等も所長の指図か本当に知らなかったのか、誰も私に知らせなかった。この私の誇りを傷つけ、揶揄するような裏切り行為に対しては、憤怒と共にチエ子さんに対する見方が百八十度ひるがえった。

しばらくの間チエ子さんから離れて生活したが、離れたことによって初めて見えてくる、冷めた批判的な目で過去を顧みると――

チエ子さんは何事にも信じやすい私に対し、催眠法的誘導とか虚言を弄するとか、自分勝手に思い通りに行動してきた。思い通りにならないと、私を非難した。それでも彼女の隠れている善意を信じ、医師に頼まれて彼女を守ることが私の使命と思い、ひたすら優しく優しく優しく接するように努めてきた。

しかしながら何を勘違いしたか、それに乗じて、もう後に戻れない時に夫がいることを平然と明かしたり、私が病気をすると「厄介は困る」とばかりに親に勝手に連絡をする。家が出来て安定したのを見極めてから、初めて自分の身内を紹介する等、考えたくもないが、悪く見れば色々と自分の身を護るために、策士のように術策を弄してきた。

一方、現場所長は工事請負業側の現場代理人だ。埼玉県側の立場で監理する私の検査等を受けて、承認を受けた上で工事の全体を取り仕切っている。工事進行を常に先取りする策士でなければ務まらない。

チエ子さんが現場に乗り込んで来た時は、危険だと彼女に注意したはずだ。所長は現場の運営と立場を尊重するからには、そのことをまず私に相談すべきだった。チエ子さんの精神の病という本当の姿を知らない所長は「女性に強い」という自負心だけでチエ子さんの虚言を信じ込み、女心を掴んだつもりで立場を無視してこんな馬鹿げた計画をしたのだろう。

——下手な策士同士で、つまらないサプライズを演出してしまった。

現場のことを何も知らないチエ子さんは、立場が正反対な現場所長と結託して私を騙したのだ。

私は冗談を理解できる楽天家だが、これぱかりは冗談にもならない。この行為はどんな事情があっても許せない。込み上げる怒りを抑えた。彼女は平然と私の隣に座ったが、私は冷めた視線を他に向けて無視した。

私が他のコンパニオンの酌を受けたり料理に箸をつけたりしていると、暫くしていきなりチエ子さんの目が吊り上がって立ち上がった。久しぶりの見境のない逆上が始まったのだ。彼女は私の襟首をつかんで、

「こんなところに何時までもいないで、早く帰りなさい！」

と引きずった。その上で、

「所長さん、帰りますから、この料理包んで！」

命令調で指図した。

もはや、分別がなくなった。出席者は皆唖然として、この有様を凝視した。今まで私はまだ若いながらも、工事監理者として責任と誇りをもって立派な建物の完成のために努めてきた。誇張して言えば、命がけで進めてきた現場だ。その私が皆の前で大恥をかいた。せっかくの会席に水を差すわけにはいかない。所長に挨拶をして素早く室外に出た。

少し後から、コンパニオンが用意したのであろう料理の折詰をぶら下げて、チエ子さんがゆっくり出てきた。精神の病を差し引いても、この態度はあまりにも品がない。各職の代表者が集まって

建物の無事完成を願い、慰労する儀式には重要な意義がある。この人の頭の中はそんなことは空っぽで、逆上した中でだらしなく折詰だけ持ち出したのだ。

二人とも黙って夜道を下宿に向かう。歩きながら想う。

チエ子さんを「優しく」守る使命は、たった今挫折した。

私の目の前で裏切った人を、守る義理はない。

本日をもって、二人の関係を終了する。


私の人生の大転換である。


下宿先のアパートに着き、部屋に入るとすぐに私は、

「今の現場は、埼玉県の県民のための重要な公共事業だ。僕は県側の立場でこれを無事完成させる義務と責任を背負っている。現場所長は、僕の監理のもとで動いている。一つ間違えば責任は僕にくる。この大事な事業に関係ないあなたが自分勝手な都合で、全く利害が反する赤の他人の現場所長と結託して、僕の立場を滅茶苦茶にした。今まで僕自身のことだけならどんなことでも我慢し、許してきたが、埼玉県と設計事務所と、命がけで仕事をしている大勢の現場関係者にまで迷惑を及ぼすことは社会的にも絶対許されない。ここまでするあなたは何様なんだ。もう我慢の限界を超えてしまった。終わりだ。別れる」

私の怒りは冷めず、初めて強い言葉を使って、別れを口にした。

「死んでやる！」

チエ子さんは側にあったハサミで、自分の喉を突こうとした。私は慌ててハサミを持つ手を振り払った。逆上振りは、まさに常軌を逸していた。

一時間ほど沈黙が続いた。

いつもなら謝って事を収めるのだが、今度ばかりは許さない。

彼女は折詰を持って、うつむいてアパートを出て行った。

（折詰が、そんなに大事なのか……）

知らない土地で無事に駅までたどり着いたか心配もしたが、もはやそれすら関知しない。

十二

翌、日曜日の早朝。

早速実家に行って、初めて父に今までの経緯を洗いざらい話した。事情を聞いて父母はまたまた仰天した。

「いろいろありましたが、別れることにしました」

父は当然だと言わんばかりに、

「まず、相手の戸籍謄本を取り寄せろ。弁護士は若い菅生先生がよい」

菅生弁護士は、父の友人の元川北警察署長の息子さんで、私より二歳年上らしい。東都大を出て司法試験を一度で合格した、優秀な弁護士だという。

豊島区の法務局で山崎竜太郎という戸籍をたどって、簡単に相手を突き止めることができた。ところが、戸籍謄本を見て驚いた。

チエ子さんは、大正十五年生まれ。私より十七歳年上の四十四歳だったのだ。

年齢については、全く気づかなかった。私には初めての女性だったので、何につけてもそういうものかと疑いもしなかった。父は初対面の時から何となく気づいていたようで、やはりかという風で、驚かなかった。

妹達は、実は娘であった。

すると娘の赤ちゃんは、孫ということになる。上の娘が私を指さして赤ちゃんに「おじいちゃんよ」と言ったのは冗談ではなかった。それとなく私に知らせようとした暗示であったのか？　その時点で、気が付かなければならなかった。それ以外の時は娘たちはチエ子さんに気を遣い、露見しないために私との会話を極力避けていたわけだ。チエ子さんは自分の年齢を偽ったため、娘たちを妹に仕立て、嘘で固めなければならなかったのだ。

しかし、そのことで何か被害を被ったわけでもない。今まで信じて疑いすらしなかった、恥ずかしいくらいお目出度い自分を恥じる他ない。

次の日曜日、菅生弁護士に会った。先生は優しさを備えながらも、正義感の塊のような人であった。先生には今までの経緯を書きまとめた書面を示しながら仔細に話した。

「池袋の戸籍上のご主人は、どこまで知っているんですか？」

「僕が会おうとしても〝暴力を振るわれて殺されるから〟と言って、絶対に会わせなかったので全くわかりません。おそらく、自分の年齢や娘たちのことがバレてしまうから隠すしかなかったのでしょう」

「自分の都合だけの勝手な人ですね。許せないですね」

若い弁護士が、まるで取り調べ中の検事のような固い顔つきをして怒った。

「関係解消と住居明け渡しをやりますが。一年半から二年くらいかかると思います」

「何年かかってもよいのでお願いします」

「まず、家庭裁判所から始まります。すべては弁護士の私に任せて、紀夫さんは仕事に専念してください」

言われた通り、以後は先生に任せて私は今の現場に専念させてもらうことにした。

現場も建物はほぼ完成し、一段落した。そこで相模原の家に帰ってみると、チエ子さんがいた。

「まだ、いたのか。もう終わっている。出て行きなさい！」

私は怒鳴った。

チエ子さんはこちら向きでアイロンをかけていたが、全く無表情のまま、かけていたアイロンを黙って頭に当てて頭髪を焦がした。プーンと焦げた臭いがしたが、まだ理性が働いているのだろう、焦がしたのが頭髪だけとわかって安心した。一見冷静に見えるが、これ以上刺激したら収拾がつかなくなる。

私が、自ら家を出た。

裁判の手続きは粛々と進んだ。菅生弁護士からは、必要に応じて仕事の現場まで電話で報告をいただいた。チエ子さんは、

「私は、別れません。私を愛しているあの人は、今まで何があっても別れなかったのに、別れを言うあの人は頭が変になったのです。あの人の精神鑑定をしてください。裁判の結果以外、誰も、何も信じません」

と語った――との中間の状況報告もいただいた。

ある日、相模原保健所から電話があった。チエ子さんが保健所を訪れたという。

「あなた、あの人をそのまま放置しておくと罪になりますよ」

冒頭から言われた。

「あの人は部屋に入るなり、いきなり窓を全部閉めて辺りを窺い、身を守るようにして松下さんの悪口を延々と話し始めました。態度といい、話の内容といい、どう見ても精神分裂症です。放置すれば、配偶者であるあなたの責任放棄です。あなたは犯罪者になりますよ」

保健所も、彼女に翻弄されたのだろう。

「保健所が脅迫ですか？　あなたの名前を聞かせてください。いきなり一方的に犯罪とは聞き捨てなりません。あなたが私を法的な配偶者と決めつける根拠は何ですか？　彼女がどんな詭弁を弄したか知りませんが、虚言です。

あの人はあなたが断定するような、放置できない程の精神分裂症ではありません。精神の病気はそんな単純なものでないのは、保健所なら知っているでしょう。以前に目白の高成という精神病院で『一万人に一人しかいない、天才と分裂症の境目にいる人で、普通の日常生活の中で癒して行くことがあの人には一番良い方法だ』と言われました。『くれぐれも優しくしてあげて下さい』と頼まれて、ただ、その医者の言葉を守って最善を尽くしてきました。嘘と思うなら高成先生に聞いてください。

ところが、最近になって私の善意が踏みにじられ、裏切られました。今は私の父の所有する家に住み込んでいますが、家明け渡しの裁判をしているところです。もしあなた方の一方的な脅迫による訴えがあれば、私は被害者としてあなた方の脅迫も付け加えて争わなければならなくなります。

保健所から言われた内容は、弁護士先生に話します」

私は、冷めた言葉で返した。

その後、保健所からは何の連絡もなかった。

少しして私の所へ裁判所派遣の精神鑑定員が来て、色々質問をした。事務手続き上の形だけの精神鑑定であった。


十一月上旬、いよいよ現場の建物は完成し、外構を残すのみとなった。

現場の関係者は所長は別として、皆何事もなかったように工事完成に尽力してくれた。所長は、チエ子さんと私についての複雑な事情は何も知らない。ただ、慰労会以来、離縁の裁判中であることをチエ子さんから電話で聞いたようだ。現場を動かす所長の独断と偏見で勝手に策を弄したことが原因と思い込んだか？　離縁にまで踏み切った私に敵対心を持ったようだ。私を見る時の、眼鏡の奥で時折ギロリと光る眼でわかる。あれほど現場事務所で公私にわたって親しい会話があったのに、打ち上げ慰労会の一件以来、仕事以外の私的な会話は一切なくなった。

間もなく現場は施工会社の内部検査の後、東山設計事務所と施主である埼玉県の厳重な完了検査が実施されて無事完成した。盛大に竣工式が行われ、東山所長に感謝状と記念品が授与された。

私は現場常駐のために宿泊した下宿を引き払い、実家に戻った。

東山事務所の慣例で、会社から三日間の慰労休暇が与えられた。この間に、以前、埼玉東地区の保健所の所長さんから依頼された書――『誠心』――がようやく自分でも納得できる作品に仕上げることに至った。

かれこれ、九ヵ月経とうとしている。もう忘れているかもしれないと思いつつも、休暇中に保健所を訪ねた。あいにく所長さんは不在だったので、風呂敷包みのまま、作品と、自宅の住所を記した簡単なメモ書きを応接間のテーブルの上に置いてきた。

間もなく、所長さんから手紙が届いた。クリーニングされ、きちんと畳まれた私の風呂敷も添えられていた。

『拝啓　思い出多い今年もあとわずかで終わろうとしていますが、私の心は今幸せいっぱいの気分です。待てど暮らせど来なかった『誠心』がついに届いたのですから。見事に美しく、優しさにあふれた、そして力強い『誠心』を見て、私は思わず口笛を吹きました。貴方の〝まごころ〟が字に表れていて、感動で涙が出ました。これは私の宝物です。応接間の一番目立つところに掲げて、恋人を得た気持ちで眺めています。私の心は、一年中春爛漫です。本当に有難うございました。　敬具』

このような内容で、手紙の末尾の埼玉東地区保健所長の名前の箇所に実印が押されている。私は身に余る言葉をいただいて恐縮した。これに関しては自分の努力もあるが、チエ子さんの指導の賜物と感謝した。

休暇が明けて事務所勤務に戻り、立川市内の認可幼稚園を設計したりして、しばらくは設計の仕事に従事する。

翌年の二月、今度は東京西多摩の〈市民文化会館〉新築工事の工事監理に派遣されることになった。

西多摩の市民文化会館は、地上四階半地下一階の建物で、班長の中臣氏の設計である。東山流の硬い感じの中でも、市民会館の機能と形を見事に表現した素晴らしいデザインで、

（これは、よい作品に仕上がるぞ！）

と心を躍らせた。施工は地元の建設会社・株式会社松本興業が入札の結果決まっていた。施主側の監督員は、福生市福祉課の三人が担当する。

下宿先はやはり総務課が、現場近くの主幹道路沿いの一戸建て――ちょっと古い建物の二階部分――を手当てしてくれた。二月上旬から任務に就いた。

現場は四十代半ばくらいの山田さんという所長と、二人の現場監督員で構成されている。監理者の詰所はなく、現場事務所の衝立で仕切られた一角に、私の専用机と本棚と専用ヘルメットが用意されていた。今度の現場所長も話し好きで、現場打ち合わせのあと事務所の真ん中に据えられたダルマストーブを囲み、これまで仕事に関わった中の面白いエピソードを語り合ったりして、現場内での親交を深めた。

その年の十月、現場も軌道に乗り完成が見えて気持ちに余裕ができたので、景勝で評判が高い近

くの奥多摩湖をスケッチしたくなった。いつも建物のパースやスケッチは描いていたが、風景をスケッチするために絵筆をとるのはおよそ四年振りだ。

奥多摩湖に向かうバスから、次々と変化する秋深い御岳渓谷の渓流を眺めた。少し早めの紅葉に彩られ、うっとりする美しさだ。途中下車して、渓流沿いに美味しい空気を吸いながら散策もした。

チエ子さんと出会ってから今日まで身も心も休まる暇がなく、自然を見る目も心が抑圧された中であったが、今はその抑圧から脱皮する方向に舵を切っている。豊かな大自然の中に浸ることで、依然として晴れることのなかった私の心は少なからず癒された。

自然の美に酔いながら、奥多摩湖に到着する。

見事な紅葉に染まった雄大な周辺の山々と、それを映す湖のコバルトブルーのコントラストは、まさに絵にも表せないほどの堂々たる美しさである。この素晴らしい色を忘れないうちにと思い、色が美しく出る日本画用の顔彩を用いて簡単に色付けをした。我ながら美しさと、実際の風景にせまる迫力が表現できて、久しぶりに好きな絵を描く喜びで満たされた。忘れていた自分を取り戻した感じだ。

これまでは概ねチエ子さんのことだけを思い、仕事のことだけを生きがいとしてきたが、これからは自分のことも思い、自分を大切にして生きて行こう。


東京西多摩の現場も無事完成が近づいた頃、埼玉東県民総合庁舎の完成からちょうど一年が経った。その時の現場監理を担当した者として、責任上、当時の工事現場所長に電話した。

「ご無沙汰しています、お元気ですか？　県民総合庁舎もその後瑕疵等は出ていませんか？　ちょうど一年経ちましたので、電話で失礼ですが連絡させていただきました」

「いえ、不具合は出ていません。わざわざご苦労様です。ところで今も現場監理ですか？」

「はい。今、東京西多摩の市民文化会館の現場です」

その時は普通の会話で終わった。だが、あの埼玉東の現場で起こった慰労会に端を発したチエ子さんとの軋轢について、当時の現場所長には誤解されたままであったことを、楽天家の私はうかつにも忘れていた。

埼玉東の現場所長への電話のすぐ後に、今の現場所長の私に対する態度が一変した。おそらく埼玉東の現場所長が、東京西多摩の現場所長に〝私とチエ子さんの個人的な問題〟を、悪意をもって通報したに違いない。

やはり、まだ根に持っていたのか……？

しかし、私が真実を明かすまでもなく今の現場所長はそのことに関しては一切口にしないで、私に対しての態度が変わったのもその時だけであった。今までの現場でのやり取りで、互いの人間性はわかっている。私を信頼しているのだろう。所長は互いの立場を尊重する良識を心得た、立派な人物であった。

この建物の色決めは、設計者の中臣さん自らが決めた。彼も自分の設計作品の完成にこだわる人物で、形も色もあか抜けている。そして半地下があるので空間構成に変化が生まれ、私が体験したかった〝人の心を打つ空間の妙〟も存分に味わえた。すべてに中臣さんらしい個性が出て市民活動にふさわしい建物になり、私も大いに啓発された。

十一月末、堂々とした東京西多摩市民文化会館が、無事に完成した。落成式にあたって東山所長に感謝状と金一封が贈呈され、私にも報奨金が出た。東山事務所では、工事竣工祝いの金一封や報奨金を貯めて社内旅行をする慣習がある。ちょうどこの時に、旅行費積立てが予定に達した。そこで私が幹事になり、会社から一時間余りの千葉県の〈君津の森〉温泉に慰安旅行をした。所長はじめ所員半分の五十名参加で、賑やかであった。宴会での私の冗談を交えての司会ぶりを見て、東山所長より、『永久幹事』の称号を与えられた。

十三

裁判では、弁護士に「今回は傍聴席に出廷してください」と言われ、久しぶりにチエ子さんを見ることになった。着物ではなく、洋服の普段着姿を初めて見て驚いた。

「今、生活はどうしていますか？」

という裁判長の問いに、

「駅前で、これをしてますよ」

チエ子さんは右手肘を曲げて、親指を小さく動かす。

「それは何ですか？」

「これですよ、これ。パチンコ知らないんですか？」

私は、沈んだ気持ちになった。

あの拓見大学の書道の先生が、今はパチンコ店の雑務員に変わっている。しかも言い方が強く、心なしか下品になったような気がした。あの洋服は、もしやパチンコ店の作業用制服かもしれない。私が別れを決めてからはその意志が揺るぎないことを表明するために、仕送りをしていない。彼女が自分で招いたことだが、憂うべき結果になってしまった。

二人が出会ってから、彼女の環境は色々な変化があった。書道界とか、同棲生活、短歌界、親子関係等に変転し、そして今は激変して、雑務員になって作業服姿でも平然とした顔をしている。

体はややスリムになり、思ったより元気そうだ。生きるために働く意欲が感じられる。その意欲が、怠惰から脱皮して精神に正常なリズムを与え、心の安定が生まれるのだろうか？

たぶん彼女は、どんな境涯に変わっても頓着しない人だ。むしろイキイキとしている。彼女がこだわるものは、一般世間が気にする地位とか、日常の形に現れるものではない。

よく思い返し、気づいてみれば……同居を始めてから、彼女の中に一貫して流れていたものは『愛』だったように思う。あの童女のような純粋な時こそが本当の彼女で、『愛』の化身ともいえる姿だったのだろう。今までの、彼女の自分自身を守らんとする勝手な行動は、全て精神の不安状態からやむをえず生まれた自己防衛本能だったと思う。

私は彼女の病気を知っても、暴力を受けても、純粋な部分を愛おしいと思う気持ちだけで彼女を守り続けた。医師から頼まれた言葉を、自分の定めと覚悟して一緒に生活してきた。

彼女は、それを彼女への個人的な『愛』と誤解した。

それに乗じて、何をしても許されると思い込み、最後に私を裏切る行動を取ってしまった。その結果、逆に私が彼女を誤解し、社会の正義をかざして別れを告げた。

いつの場合にも、いざこざのもととなるのは――つまらない謀もそうだが――理解不足による誤解にあるようだ。

様々な誤解があって、いまの状態を作ってしまった。


しかし、家族は心配する。

父は、親戚で日野にいる松下鳳斎という『四柱推命』の占い師に相談した。求められて、私の生年月日を紙に書いて占い師に渡すと、

「紀夫君は、女難の相がある」

いきなり関係ない余計なことを言う。さらに、

「二月二十五日午前二時に、木杭に紀夫君が『離縁祈願』と書いて相模原の家の床下の、なるべく家の真ん中近くの地中に、東南に向けて立てて埋めなさい」

とも言った。

私の意思で既に離縁を決めており問題になる事柄は何もないはずなので、そのための祈願は必要ないと思う。だが、家立ち退きの問題が離縁と切り離せない関係にあり、心配してくれる親には絶対逆らえない。一応、言われる通りに従った。

二十五日の未明、『離縁祈願』は私が書き、自分で車を運転して優しい兄と二人で、占い師の言う通り敢行した。

相模原の家に着くと、チエ子さんが起きてこないか心配しながら、歩くのも忍び足である。南側に人一人がギリギリ入れるだけの換気口があるのを私は知っている。金物を何とか外して一人ずつ床下に入り、陸軍の歩兵宜しくほふく前進で動く。二階のチエ子さんが寝ているだろう位置から、少し距離をとった。音が聞こえないように杭の位置を決め、

「まず、深く穴を掘ろう」

ヒソヒソと話した。

基礎は布基礎で、ベタのコンクリートではなく、床束以外の部分は土なので容易に掘れた。杭を

立てて入れて、目を覚まされないように布を巻いた石で軽く打ち込む。周りの土をしっかりと埋め戻して、素早いほふくで床下を抜け出る。換気金物を元に戻し、足早にその場を離れた。まるで忍者の気分である。少し離れた場所に停車しておいた車に乗り込み、ようやく二人共ホッと胸を撫で下ろした。

それから半年が経過した八月、裁判が始まって一年九ヵ月で判決が下った。主文は次の通りであった。

一　被告は原告と無条件に別れる。
二　被告は家を明け渡す。
三　訴訟費用は被告が全額負担する。

それに続く事実及び理由は、難しい言葉が並んでよくわからない。私なりに解釈すると、次のような論旨であった。

まず事案としては、
両者の共同生活の解消と、被告が住み込んでいる家の立ち退きを求めたことである。
そして事実として、
まず原告の私の主張としては、今までのいきさつを原告である私の立場からこと細かに述べられていて、おおよそ間違いがなかった。

次に、被告の主張として、

原告の方から結婚を申し込んで結婚式も挙げている。原告の家族も認めていて、結婚に準じる関係であること。被告が精神を病んでいることを知っていても、原告が被告を愛していて絶対に別れようとしなかった。よって別れる理由がないし、全く別れる意思はない。今別れるというのは、原告の頭がおかしくなったからだ。原告の精神鑑定を要求する。

といった趣旨のものであった。

そして裁判所の判断として、

二人が最初に関係した動機は、被告の火遊びであった。証拠として「食べたわよ」という陰語で知人に報告している。一方、これが初体験でまだ世間知らずの原告は関係した責任を感じて結婚を申し込み、その後被告の意向で二人だけの結婚式を挙げた。しかし二人の関係は、客観的に見ても単に男女が同棲しているだけの関係である。理由は、被告には戸籍上の夫が別にいてそれを隠して結婚式を挙げ、事実を告白した後も絶対に原告を夫と対面させなかった。たとえ原告の家族が事実を知らずに容認した間柄であっても、二人の間では健康保険等公的手続き一切が不可能な状態なので、社会的に結婚とか内縁関係とは認められない、単なる同棲関係である。

加うるにある時点で、二人の合意の上で関係を父娘関係に変えて原告が知人に手紙を出し、同時に被告は自ら名前を銅子からチエ子に変えている。複数の知人がそのことを証明している。同居は昭和四十一年九月から二年五ヵ月だけの共同生活で三年にも満たない。四十四年二月から二年半を過ぎた今日まで別居が続き、その間同棲生活らしい関係は一切ない。被告は別居以来半年後に、原告に会っている事実を残そうと考え、仕事場にまで押しかけた。しかし、その時は意図的に会わないまま立場の相反する現場責任者と画策し、原告を揶揄する意図をもって会うのを別の日に決めた。本心から会いたいのなら、その日に会っているはずである。あろうことか、各職の責任者全員が出席する工事完成慰労会の場に、ホステスのふりをして現れ、原告の立場を壊し、別れの原因を作った。その後も別居した状態で原告の家に住み込んでいるだけであり、明らかに二人の関係は破綻している。

被告の住み込んでいる家は、原告の父親が建てたものである。

被告は原告の頭がおかしくなったと主張するが、精神鑑定の結果、原告はいたって正常、健全な人物である。一方、被告の精神の病は、二人が知り合う以前から発症していたものである。被告の病による心の苦悩は余人のはかり知るところではないが、高成精神病院の医師は天才と精神の病が境界線上の一万人に一人いるタイプで、日常生活には支障ないと診断している。以来原告は医師の依頼を守って被告にストレスを与えないよう極力努力してきた。紆余曲折はあったが原告の献身的な努力が実を結び、裁判の審議中を通しても被告の異常は認められない。

原告は仕事の慰労会で、自らの尊厳を傷つけられる出来事を機に自分が正当に生きる権利に目覚め、二人の関係解消を決意したがその決意は今も変わらない。

以上のような観点から判断するに、今後原告と被告が正常な共同生活を続けていくことは困難であると認められる。将来、世の中の役立つために無限の可能性がある若い青年には、正当に生きる権利がある。共同生活の維持をすすめるよりも被告は戸籍上の夫のもとへ帰り、原告は新しい出発の機会を得る方が、お互いの将来にとって有益であると考えられる。原告の父が建てた家も当然立ち退くほかない。

——以上が、私なりに解釈した判決文の概略である。

被告のチエ子さんは、

「誰も何も信用しません。この裁判の判決だけは不本意ですが、従います」

あっさり受諾した。

私は若い弁護士、菅生先生に一生の恩を感じた。自分が独立して以後に貯めてあった、なけなしの持ち金二百万円を全部はたいてチエ子さんに渡すことを先生に依頼した。

「紀夫さんの二度とこない青春を台なしにした人に、そこまですることは絶対にありません」

と強く言われたが、

「今の僕の気持ちです。あの人が今回の判決を受け入れただけで、僕は救われました。有難いのです」

菅生弁護士がチエ子さんにお金を渡して、最終的に結審した。

十四

本人が相模原の別の場所に引っ越し先を探したというので、私が家財を運ぶことにした。家を施工した工務店に借りた小さな二トントラックの荷台に家財道具を載せ、洋服姿のチエ子さんを助手席に乗せて相模原の自宅を出た。はじめは暫くお互い無言だったが、前を向いていた彼女がふいに私を見た。いつもは饒舌な人が、ポツリポツリと間をおいて話し始めた。

「あなたには、感謝しています」

唐突に言われたので意外だった。私は運転に集中するために黙って前を見たままだが、いつの時もずっと晴れることのなかった心の中が、その予期せぬ一言で瞬く間に晴れ上がった。もっと言えば、出会ってから今までの、全ての心労が吹き飛んだのだ。

「あなたは、ずっと優しくしてくれました」

私は軽くうなずいた。

「それに引き換え、竜太郎は私に酷い暴力を振るった。彼は絶対に許せません」

私はたった一度爆発した憤怒を発端に、その勢いでチエ子さんとの全ての関係を見限った。そんな私には親しみさえ見せ、竜太郎氏に対しては憎しみの敵がい心を剥き出しにしている。

これが、彼女の本心だったのか。

「絶対許さない」という言葉に、戸籍上の夫との凄まじい戦いがあったことが想像できる、精神の病も、暴力が一因だったのだろう。

それでは、なぜ籍を抜かなかったのか？

私の俗っぽい頭で勝手に考えれば……私との関係に最初から不安があって、結婚式も二人だけで秘かに挙げるなどして、竜太郎氏の周りから包み隠す行動を取っていた。健康保険等公的身分の確保のため、竜太郎氏との籍は抜くに抜けなかったのだろう。一方、司法書士である竜太郎氏側の打算で、配偶者とか扶養者の関係など、税務上の繋がりがあれば、別居のままでよいという考えがあったのかもしれない。

そして、チエ子さんは言った。

「暫くしたら、樹海に行って私は死にます」

私は、驚かない。

いざ別れる間際になって、もう会えなくなると思った時に、私の思考回路が急速回転した。裁判中にも気づいたところがあったが、チエ子さんの心の中の本当の姿が、ベールが剥がされるようにはっきりと浮かび上がった。

チエ子さんの夫に会わせてもらえなかった時、私は二人の関係を続けるために、暴力を振るうという竜太郎氏に、いざという時は素直に殺されてもいい――と覚悟をした。

一方で今、私の横で死を口にするチエ子さんは、ある時に、
「私と別れたら、あなたは死にます」
と私に予言したが、それは自分のことであった。近くにいて、寝起きを共にした私にはわかるが、彼女は精神の振幅が大きく、本心は子供のように、何にもこだわらない純粋さゆえに、世の凡夫が見る狭い垣根で覆われた世界の枠を超えて、広い世界から、本質を瞬時に見抜く特異能力を持っている。

例えばある部屋に入った時、その部屋中のすべてのものが一瞬に脳裏に焼き付き、何故そこにあるのかという理由、そこにいたる筋道までを同時に全身の六感で感じ取ってしまう。

それゆえに何でも見えてしまう頭の中の煩悩は、私を含め凡夫には理解し得ぬところだ。

私がちょっとでも精神を刺激した時は、錯乱もする。

身を守るために虚言を弄したりもしたが、それは悪心からではない。

そもそもが超俗の世界にいる特別なチエ子さんに、俗世間の損得とか、善悪を区別する物差しは何もない。チエ子さんが葛藤を解消するためには、書とか短歌等に没頭する他なかったのだが、不幸にも他のすべてを捨てて没頭する拠り所として、私に『愛』を注いでしまった。

ただ、彼女の愛は個人本位の『愛』だ。

私の愛は、彼女の純粋さを愛おしむ『隣人愛』だった。

複雑だが、少し違う。

私は過去に、かなわぬ恋のために自殺未遂までしている。ままならぬ愛がどれほど精神の苦悩を伴うかということは、骨身に沁みてわかっている。

私に関してだけは私情が絡み、見えなくなっているチエ子さんは、私の愛が彼女が思う『愛』だと誤解し、少し違う所を、『女心がわからない』と思い込んで苦悩したに違いない。

親子関係にしたりして、精神の回復のため努力したが、私の力不足で誤解を生んだまま別れることになった。

彼女が没頭する対象も、うっぷんの吐き所も何もかも行き場を失わせてしまったのだ。

苦悩の中で、自らの死を決意したのだと思う。

私が書道の門を叩いたことが発端で、結果として今の状況に追い込んでしまった。

ただ、その時その時、最善を尽くした結果なので後悔はない。

ミステリー小説が好きだったチエ子さんは、物語によく出てくる、自殺の名所と言われる〈富士青木ヶ原の樹海〉を、生きられなくなった時の死に場所と決めていたのだろう。私がご主人に殺されてもよいと覚悟をしても今なお生き、彼女は精神の葛藤の末、行き場を失って死ぬ。

二人の運命は分かれた。

しかし、お互いにいつどんな時でも〝娑婆〟という現世を去る覚悟を持っていた。こうなったのも、二人がもがきながら進んで来た結果の、悲しい定めなのだ。

私がチエ子さんに初めて会った時の印象が、岸田劉生の麗子像であったが、いざ別れる間際の印象は、棟方志功の観自在菩薩尊像に変わった。

チエ子さんは

「今まで、ありがとう」

と言った。

感謝するのは、私の方である。

チエ子さんと一緒に寝起きして、超能力を持つ人の危うさの実態に触れることができたこと。いつ嫉妬を含めた錯乱が起きるかもしれない、緊張状態の中で生活する充実感が、苦労の反面、精神的に成長させてくれたこと。身近にいるだけで、書の一字一画に取り組んで芸術作品に仕上げる厳しさを教示してくれたこと。

…………等、世に出たばかりの私を、どれほど高めてもらったことだろう。私の感謝は、言葉には言いつくせない。

引っ越し先には娘たちが待っていた。

荷物をトラックから降ろして引き渡した後、母子三人並んで私と向かい合った。娘たちは相変わらず言葉は少ないが、久しぶりにあの結婚式で天使に見まがった時と同じ明るい表情を見せていた。

感無量の瞬間である。

超俗の世界にいるチエ子さんにはまだ、支えてくれる二人の天使がいた。

私は、心の中で娘たちに（チエ子さんをよろしく）と念じた。そして、三人をじっと見て深々と頭を下げ、

「お元気で」

と、ひとこと言って別れた。


それから半月後の朝、その日は爽やかな快晴であった。

私はいつものように時差出勤で、車内が比較的すいている電車に乗った。通勤客は皆、心なしか穏やかな幸せそうな表情に見える。私は彼女と別れて自分もけじめをつけるため、住んでいた父名義の家を売却した。出会ってから五年半の間で培ったもの全てを無くし去って、何もない零から出直す決意をしていた。今日の天気のように清々しい気分である。私は東山事務所長宛ての『退職願』を懐に入れていた。


退職してからしばらくは、気が抜けたようにぼんやり過ごした。

一週間後の夜。

「チクワチャーン」

「チクワチャーン」

チエ子さんが子供のように両手を下向きに広げ、私を探して深い森の中をウロウロさ迷い歩く夢を見た。

夜中に、ハッと目を覚ました。

私は涙が溢れ出て、止まらなかった。一人声を出して、オイオイと泣き続けた。


（了）

かなしき愛

2024年5月21日　第1刷発行

著　者　松下紀夫（まつしたのりお）

発行者　太田宏司郎
発行所　株式会社パレード
　大阪本社　〒530-0021　大阪府大阪市北区浮田1-1-8
　　TEL 06-6485-0766　FAX 06-6485-0767
　東京支社　〒151-0051　東京都渋谷区千駄ヶ谷2-10-7
　　TEL 03-5413-3285　FAX 03-5413-3286
　https://books.parade.co.jp
発売元　株式会社星雲社（共同出版社・流通責任出版社）
　　〒112-0005　東京都文京区水道1-3-30
　　TEL 03-3868-3275　FAX 03-3868-6588
装　幀　河野あきみ（PARADE Inc.）
印刷所　創栄図書印刷株式会社

JASRAC 出 2401201-401

ISBN 978-4-434-33790-1　C0093